하루 한 뼘

위로가 필요한 순간

하루 한 뼘
위로가 필요한 순간

김이율 지음

레몬북스
lemon books

CONTENTS

〈1장〉 누구나 잊지 못할 그 순간은 온다

⟨2장⟩ 지금이 가장 사랑하기 좋은 시간

〈3장〉 내게 다가올 한 사람

〈4장〉 또다시 밤이 찾아온다 해도

〈5장〉 마음에게 더 이상 지지 않기를

〈1장〉

누구나 잊지 못할
그 순간은 온다

♥

내가
사랑한 순간들 _____

한 사람이 눈에 들어오는 순간이 있다.
그때부턴 다른 것들이 안 보인다.

오직 그 사람만 보이고
그 사람의 음성만 들리고
그 사람의 삶만 읽힌다.

아주 작은 것도 신경 쓰이고
아주 작은 반응에도 기뻐하게 되고
아주 작은 몸짓에도 떨린다.

사랑은 이처럼 작은 설렘으로부터 온다.

그 떨림이 지구의 자전을 돕는 것이고
그 애틋함이 달을 뜨게 하고
그 그리움이 꽃을 피우게 한다.

모든 세상의 중심이 그 사람이고
그 사람으로 인해 세상 만물에 의미부여가 된다.

그 사람이 안 되면 안 되고
그 사람이 된다면 다 되는 것,
그게 사랑이다.

적어도 그런 순간이 한번쯤은 있다.

어린 내가
어른이 된 나에게 _____

'변수'라는 말은 대개 좋은 의미로 쓰이지 않습니다.

뜻하지 않는 불길한 일이나
인생의 발목을 잡는 몹쓸 짓,
가령 버스비를 내고 나니 호주머니에
돈 한 푼도 남지 않았을 때라든지.

일을 끝낸 뒤 모처럼 쉬려고 하는데
일이 꼬여 밤샘 작업을 해야 한다든지
새로 산 근사한 옷을 입고 나왔는데 갑자기 비가 온다든지.

살다 보면 불쑥 찾아오는 예기치 않는 변수 때문에 일이 꼬이고

그 꼬인 일 때문에 창자도 꼬이고, 뇌의 회로도 꼬이고,
인생도 꼬입니다. 머리에서 발끝까지 짜증이 뻗칩니다.

허나 어쩌겠습니까?
꼬인 매듭을 천천히 풀 수밖에요.

스트레스로 가득한 마음, 짜증으로 가득한 가슴,
어찌 됐든 풀어야 하지요.
술? 게임? 춤? 다양한 방법이 있겠지만
가장 강력하고 빠른 방법을 알려드릴게요.

바로 아이들의 얼굴을 바라보는 것입니다.

놀이터에서 모래성을 쌓는 아이의 얼굴.
그네에 매달려 하늘의 치마 속을 훔쳐보는 아이의 얼굴.
나무 그늘 아래에서 엄마의 무릎을 베고
스르르 잠든 아이의 얼굴.

그 아이들의 얼굴을 보고 있으면
어느새 당신도 해맑은 어린아이가 됩니다.

당신에게도 그런 시절이 있었지요.

개미에게 인사하고 구름과 악수했었지요.

새소리에 춤추고, 휘파람을 불며, 이 산 저 산 달려갔었지요.

눈길 위에 일부러 넘어지고,

눈사람을 만들고,

혀를 내밀어 눈을 먹었지요.

마음이 답답하고 짜증이 나거든

일부러 한번 초등학교 운동장을 찾아가보세요.

거기에서 미끄럼틀을 타고 있는 어린 당신을 만나보세요.

꼬인 인생을 풀 수 있는 해답을 배울 것입니다.

그리고 어린 당신이 어른이 된 당신을

따뜻하게 꽉 안아줄 겁니다.

"여기까지 오느라 참 고생했어."

이 말과 함께.

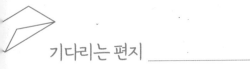

기다리는 편지 _____

예전에 읽었던 시집 몇 권을 꺼내 다시 봅니다.
좋은 시들이 여럿 눈에 띄지만 단연 황동규 시인의 〈즐거운 편지〉가
돋보입니다.

　　　내 그대를 생각함은 항상 그대가 앉아 있는 배경에서
　　　해가 지고 바람이 부는 일처럼 사소한 일일 것이나
　　　언젠가 그대가 한없이 괴로움 속을 헤맬 때에
　　　오랫동안 전해오던 그 사소함으로 그대를 불러보리라

그러고 보면 예전에는 편지를 참 많이도 주고받았습니다.
차마 말로 건네지 못할 말이 있으면 편지로 대신했습니다.

밤새 쓴 편지를 아침에 다시 읽어보면 그렇게 유치할 수가 없습니다. 고치고 또 고쳐 가까스로 완성한 편지. 그 편지를 가슴에 품고 우체국에 달려갑니다. 답장을 줬으면 하는 간절한 마음에 우표를 한 장, 봉투에 넣어 보냅니다.

하루, 이틀, 일주일… 지금쯤이면 편지가 도착했을 텐데. 내 편지를 받은 그는 어떤 표정을 지을까, 이런저런 생각을 하며 마음을 졸입니다. 또 하루가 지납니다. 시선은 계속 우편함에 머뭅니다. 그러다 저만치서 우체부 아저씨가 보이면 냉큼 달려가 기웃거립니다.

기다리는 편지는 오지 않고
우편함에는 고지서만 쌓여갑니다.

오다가다 습관처럼 우편함을 살펴봅니다. 혹시나 고지서 사이에 편지가 끼어 있지 않을까 뒤적거려 봅니다. 없다는 걸 확인하면 오히려 맘이 더 후련해집니다. 답장은 오지 않았지만 그래도 괜찮습니다. 편지를 쓰는 내내 행복했고 편지를 기다리는 동안에도 행복했으니까요.

다만 내일은 또 어떤 마음으로 기다릴까,
그게 걱정이 될 뿐입니다.

그게
전부일지도 몰라

인생, 그거 거창한 거 아냐.
어쩌면 편안한 의자에 앉아
커피 한 잔 마시는 것,
그게 인생의 전부일지도 몰라.

사랑, 그거 위대한 거 아냐.
어쩌면 콧노래를 부르고 미소를 짓는 것,
그게 사랑의 전부일지도 몰라.

생활, 그거 복잡한 거 아냐.
아침에 일어나고 저녁에는 자고
배고프면 밥 먹는 것,

그게 생활의 전부일지도 몰라.

너는 어떻게 사니?

네가 사는 이 시간, 이 일상.
그게 전부인 거야.
잘 살고 있는 거야.

지금
우리에게 필요한 것은 _____

항상 맑으면 사막이 된다.

비가 내리고

바람이 불어야만

비옥한 땅이 된다.

―스페인 속담

꽃 한 송이가 피기까지는 많은 시간이 필요합니다.

비바람을 이겨낼 시간이 필요하고

뿌리로부터 영양분을 끌어올릴 시간이 필요하고

나비와 벌들과 친해질 시간이 필요하고

햇살과 진지한 대화를 나눌 시간이 필요합니다.

그렇게 꽃이 피는 순간,

사람들은 환호하고 행복해합니다.

그런데 꽃이 시나브로 기운을 잃어가고

고개를 떨어뜨리기 시작하면

사람들은 하나둘 사라지고

끝내 눈길조차 주지 않습니다.

어쩌면 꽃은 지는 그 시점에

더 많은 관심이 필요한지도 모릅니다.

꽃이 활짝 피기까지 시간이 필요했듯

질 때도 시간이 필요했을 겁니다.

살다 보면 누구나 다 힘들고, 지치고, 당황스럽고,

눈물겨울 때가 있습니다.

그럴 때 필요한 건 오직 위로뿐.

어차피 내 스스로 감당해야 할 몫,

내 눈물의 의미를 내가 아닌 그 누구가 해석할 수 없고,

내 고민의 깊이를 그 누구도 정확히 잴 수 없으니

다만 지금 우리에게 필요한 건

따뜻한 말 한마디,

잠시 기댈 수 있는 어깨,

내 말을 들어줄 수 있는 열린 귀.

그거면 충분합니다. 그 이상도, 그 이하도 아닌 딱 그만큼.

아니 그게 전부일지도 모릅니다.

당신은
당신이니까_____

넘어지는 것도 인생입니다.

한 번 넘어졌다고 낙심하지 마세요.

많이 넘어진 사람만이 쉽게 일어나는 법을 배웁니다.

살다 보면 지금보다 더 많이 넘어질 일이 생길지도 모릅니다.

갈피를 잡지 못하고 마음이 흔들릴 때가 있을지 모릅니다.

그렇다고 축 처진 어깨로 앉아 있지 마세요.

다시 일어날 수 없을 거라고 포기하지 마세요.

당신은 기억하십니까?

어린 시절, 아장아장 걸음마를 배울 때 당신은 수도 없이 넘어졌습니다. 무릎이 다 깨지고 땅에 박아 이마에 생채기도 났지만 다시 일어났습니다. 넘어지고 일어나고를 하루 종일 반복해도 결코 지치지 않았습니다. 그리고 결국 어떻게 되었나요? 걸었죠. 한 발, 두 발, 세 발……… 아장아장, 뒤뚱뒤뚱 걷기 시작했습니다.

보세요. 당신은 이미 수많은 역경에도 절망하지 않았습니다. 멋지게 해냈습니다. 당신의 몸속에 있는 세포 하나하나가 그 어린 날의 승리를 기억하고 있습니다.

일어나세요.
지는 것도 인생입니다.

넘어진 자리가 끝이 아닙니다.
당신의 인생을 더 드라마틱하게, 근사하게 만들어주기 위해
신이 잠시 그런 상황들을 연출한 것입니다.

넘어진 그 자리가
눈물 흘린 그 자리가
포기하려 했던 그 자리가 새로운 출발점입니다.

시작하는 순간, 모든 것이 가능해집니다.

당신이니까 가능합니다.

당신이니까 해낼 수 있습니다.

당신은 당신이니까!

너의 이름을
가슴에 새기며 _____

사랑한다는 말을 강물 위에 적어놓았습니다.

며칠 후, 그 자리에 가보니 사랑한다는 말은
사라지고 없었습니다.

사랑한다는 말을 구름 위에 적어놓았습니다.

며칠 후, 하늘을 보니 사랑한다는 말은
온데간데없이 사라졌습니다.

이번에는
사랑한다는 말을 길바닥 위에 적어놓았습니다.

며칠 후, 그곳에 가보니 사랑한다는 말이
사람들의 발에 밟혔습니다.

어떻게 하면 될까.

그대 이름과 함께 사랑한다는 말을
내 가슴에 새겼습니다.
며칠 후, 내 가슴을 들여다보니 그대로였습니다.
물을 뿌리니 꽃이 피었습니다.

사랑, 그것은
깊이 품은 채 영원히 가꿔야 한다는 걸
어렴풋이 알 것 같았습니다.

그때는 손을 잡고
그 누군가와 함께 _____

단풍잎을 책갈피로 꽂은 시집 한 권을 들고 길을 걷습니다.

이따금씩 마을버스가 지나가고

저만치 서 있던 허수아비는 피곤했는지 기지개를 폅니다.

걷다가 지치면 시 한 줄을 읽고 또 걷다가 지치면

코스모스와 인사합니다.

지루하다 싶으면 낡은 전봇대 위에

휘파람을 걸쳐놓고 새의 그림자를 밟으며

한 발 한 발 경쾌하게 내딛습니다.

언제나 길은 새롭고 끝이 없습니다.

모퉁이만 돌아가면 다 닿을 것 같아도

길은 언제나 마술처럼 또 다른 길을 잉태합니다.

혼자 있다는 건 외롭기만 한 일은 아닙니다.
적어도 지금 이 순간만큼은 울퉁불퉁한 이 길이
내겐 친구고 연인입니다.

가끔 사는 것이 사막을 걷는 일처럼 퍽퍽하고,
나를 둘러싼 모든 관계가 엉킨 거미줄 같아 놓고 싶을 때가 있습니다.
그럴 때면 나는 어김없이 망해사로 향합니다.

김제에서 1차선 국도를 따라 걷다 보면
절과 바다가 하나가 되는 곳,
망해사望海寺에 도착합니다.

바다를 향해 얼굴을 내민 작은 암자는 늘 바다를 그리워했고
바다 역시 같은 마음을 품으며 다가오려고 파도를 일으켰습니다.

서로를 향하는 암자와 바다를 번갈아보며
꽤 오랜 시간을 보냈습니다.

밤이 되어 다시 도리로 돌아오는 길,

사람의 인연이라는 것에 대해 생각해봅니다.

서로를 향한 보이지 않는 끈을
같은 시간, 같은 힘으로 잡아당겨야 이루어지는 것.
그것이 바로 사람의 인연이겠지요.

지금은 내 앞에 놓인 끈을 혼자서 당기고 있지만
이 끈을 놓을 수 없습니다.
누군가 이 끈을 당길 때 바로 알아차리고 싶은 마음에.

자리에 누워 창밖을 봅니다.
갈매기 소리와 파도치는 소리,
암자의 풍경 소리가 귓전에 스칩니다.

언젠가는 꼭 망해사에 다시 한 번 가렵니다.

그때는 손을 잡고
그 누군가와 함께.

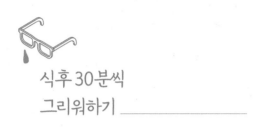

식후 30분씩
그리워하기 _____

노란색 비타민.

'꼬박꼬박 챙겨 먹어야지.'
생각은 하면서도 며칠 지나면 자꾸 잊어버립니다.
그러고는 이렇게 혼자 퉁명스럽게 말하죠.

"비타민 안 먹는다고 사는 데 지장이 있는 것도 아니고…"

그런데 그대는 반대입니다.

'잊자. 이제 잊자.'
다짐을 해봐도

하루해가 지기도 전에 다시 생각이 납니다.

혼자 지낸다고 문제될 것도 없는데

왜 이리 지독하게 달라붙는지.

때늦은 그대 그리움.

지나고 보면 후회가 되는 것들이 늘 있기 마련입니다.

조금만 더 잘할 걸,

조금만 더 버틸 걸,

조금만 더 냉철히 생각할 것,

조금만 더 전진할 걸,

조금만 더 잘해줄 걸······

꼭 놓친 후에야 가슴을 치며 후회합니다.

왜 이렇게 늘 한 박자 늦는 걸까요.

지금 이 순간이 내 인생 최후의 시간이며 마지막 찬스라는 마음으로

살아야 하는데, 사람들은 늘 '다음번에'라는 말로 그 소중한 것들을 소

홀히 대하거나 뒤로 미루어버립니다.

다음이란 게 있을까요. 지금 이 순간, 한 번 지나가면 두 번 다시 오지

않는데. 지금은 오직 지금에만 존재하는 것이지요. 하지 못한 말, 하

지 못했던 일이 있다면 지금 당장 해야 합니다.

어쩌면 누군가는 주저하고 망설이는 지금 당신의 모습을 마지막 모습으로 기억할 수도 있습니다. 어쩌면 당신의 진심을 알릴 수 있는 기회를 영영 놓쳐버릴 수도 있습니다. 그러니 지금 생각나는 대로 움직이세요. 마음 가는 대로 전하세요.

잊지 말고
미루지 말고
망설이지 말고
지금 당장!

아낌없이 주는
사랑 _____

우리 몸의 혈액 속에는 백혈구가 있습니다.

백혈구는 나쁜 병균이 침투해 들어오면 그 침입자를 퇴치하는 일을 담당합니다.

이때 백혈구가 침입자를 처리하는 모습이 참 인상적입니다.

"넌 왜 그렇게 더럽니? 넌 아무짝에도 쓸모없는 백해무익한 존재야!"

백혈구는 이런 식으로 병균에게 욕설을 퍼붓는 일도 없고, 막무가내로 싸워서 무찌르는 일도 없습니다.

백혈구는 병균이 들어오면 그저 녀석을 넉넉히 감싸 안아줍니다. 그러면 처음엔 기세등등하던 침입자가 차츰 백혈구에게 감화되어 스르르 녹아버립니다. 그렇게 백혈구는 지저분하고 흉측한 병균을 제 몸이 썩어 들어가는 것도 마다하지 않은 채 감싸 안아버립니다.

자신 있나요?

백혈구처럼 넉넉한 마음으로 상대를 감싸 안고 자신의 가장 소중한
것까지 내어줄 수 있나요?
그게 사랑이라면 기꺼이 할 수 있을까요?

말처럼 쉬운 일은 아니겠죠.
사랑이 그리 쉬운 거라면 이 세상 모든 아픔과 눈물은 진작에 사라
져버렸겠죠.

바다 같은 마음,
당신 안에 그런 바다 하나쯤은 갖고 계시겠지요.

미움과 슬픔과 아픔과 증오마저도
결국 당신 안에서 그대로 녹아 사라지길 바랍니다.

인생의 강을
건너는 방법

아프리카 대륙의 어느 부족민들은 강을 건널 때면

반드시 무거운 돌을 머리에 이거나 가슴에 품는다고 합니다.

왠지 아세요? 강을 건너는 중간에 급류가 흐르는 터라

무거운 돌을 몸에 지녀야만 휩쓸려가지 않기 때문이라고 합니다.

누구에게나 인생의 짐이 있습니다.

그로 인해 때때로 힘들고, 답답하고, 절망스럽기도 합니다. 그러나

그러한 짐들은 인생의 강을 건너기 위해 필요한 과정인지도 모릅니

다. 어느 정도의 역경은 오히려 우리의 삶을 더욱 값지게 만들고 인생

을 지탱하는 힘이 되기도 합니다.

급류에 휩쓸리지 않도록 하는 부족민의 돌처럼요.

어느 날 문득,

힘겨운 일이 당신에게 찾아온다면 어떻게 하시겠습니까?

너무 불안해하지 마세요. 이 세상에 궁극적으로 해결하지 못할 일이

란 없습니다. 절대절망이란 것도 없습니다.

힘겨운 일, 그 또한 삶의 일부입니다.

그 힘겨운 시간이 지나고 나면 더 커진 나 자신을 만날 수 있습니다.

당신의 인생에 '긍정'을 더합니다.

비만한
하루_____

양파 다이어트

1. 먼저 양파 3개를 깨끗이 씻어 냄비에 넣는다.

2. 그대로 물 한 대접을 부은 뒤, 푹 삶는다.

3. 양파가 흐물흐물해지면서 양파즙이 생긴다.

4. 물 대신 수시로 마시면 살이 빠진다.

살을 빼기 위해 한 이틀, 양파즙만 먹었습니다. 속이 쓰리고 맛이 역겨워 고통스러웠습니다. 더 이상은 안 되겠다 싶어 그냥 포기했습니다. 결국 다시 라면, 치킨, 짜장면, 피자를 먹던 생활로 돌아왔습니다. 이틀 굶은 걸 보상이라도 하려는 듯 미친듯이 먹었습니다. 살이 더 불었습니다.

살뿐이겠습니까.
이미 갖고 있는 걸 줄이는 일은 생각처럼 쉽지 않습니다. 생각도 줄이기 힘들고, 소유한 것도 줄이기 힘들고, 욕심도 줄이기 힘듭니다.

생각에 대해 생각합니다. 사실 따지고 보면 우리가 하는 생각의 대부분은 쓸데없는 근심과 걱정이 차지하고 있습니다. 막상 해보면 아무것도 아닌, 충분히 해낼 수 있는 일도 시작도 하기 전에 안절부절하며 태산처럼 걱정을 쌓아둡니다. 그래서 제대로 실력발휘도 못하게 됩니다.

소유도 그렇습니다. 돌아보면 굳이 필요도 없는 것들을 붙들고 있습니다. 짐만 쌓이고 정리도 어렵습니다. 내가 무엇을 소유하고 있는지조차 까먹게 됩니다. 짐 사이에 사람이 끼어 삽니다. 집에 사람이 사는 게 아니라 짐이 사는 것 같습니다.

욕심도 마찬가지죠. 내 것으로도 충분한데 괜히 남의 것에 눈을 돌립니다. 시기하고 미워하다 끝내 싸우게 됩니다. 남는 건 결국 상처입니다.

냉장고 야채 칸, 아직도 양파즙이 남아 있습니다.
어떻게 해야 할지 몰라 멍하니 바라봅니다.

양파즙이 덥다고 빨리 냉장고 문을 닫으라고 합니다.

비만한 하루의 문을 닫습니다.

흔들리는 것에 대하여 _____

바람이 불 때마다 창문이 흔들립니다.

덜덜덜, 소리를 내며 흔들리는 창문 때문에 자꾸 신경이 쓰입니다.

흔들리는 것들은 다 소리를 냅니다. 사람도 마찬가지죠. 흔들리면 어김없이 소리가 납니다.

갑작스런 결별 통보를 받고 주체할 수 없이 내 인생이 흔들린 적이 있습니다. 그때 내 마음 깊은 곳에서 소리가 났습니다.

껑껑.

참을 수 없이 서러움이 터져 나왔습니다. 멈추려 해도 멈출 수 없었습니다.

추억과 행복, 아픔과 눈물, 함께 했던 모든 시간을 다 토해낸 후에야 조금씩 진정이 되었습니다.

앞으로 함께 채워가야 할 시간이 없다는 안타까움과

함께 쌓아왔던 시간을 지워야 한다는 것, 모두 감당하기 힘들었습니다.

흔들리면 소리가 나는 게 또 있습니다.

한적한 암자의 처마에 걸려 있는 풍경. 흔들거리며 딸랑딸랑 소리를 냅니다.

아, 저 풍경도 아픔을 경험한 걸까.

그래, 그랬겠지요.

속세를 떠나 이 한적한 암자에 들어온다는 게 그리 쉬운 일은 아니었겠지요.

우리가 알지 못하는 사연이 있겠지요.

우리네 인생,

매 순간 흔들리는 것 같습니다.

말은 하지 않아도 깊은 곳에서 소리 내며 사는 것 같습니다.

아픈 소리도 있고, 서러운 소리도 있고, 그리운 소리도 있겠지요.

때론 그 소리로 인해 어깨가 처지고 발걸음이 무겁기도 할 것입니다.
하지만 그 또한 분명 인생의 하모니를 만들어내는 고귀한 소리일 겁
니다.

흔들리며 피는 게 꽃이고,
울면서 크는 게 새인데, 우리라고 뭐 다르겠습니까.

흔들리면서 사는 게 우리의 인생입니다.

들꽃이
너에게 _____

우주 밖에서 찾지 마.

우주 안에서 찾도록 해.

사람 밖에서 찾지 마.

사람 안에서 찾도록 해.

꿈 밖에서 찾지 마.

꿈 안에서 찾도록 해.

찾으면 다 나오게 돼 있어.

평소에 조금만 더 관심을 갖고 지켜보면 돼.

네가 위로 올라갔을 때도

네가 커졌을 때도

네가 아래로 내려왔을 때도

네가 초라해졌을 때도

언제나 그는 그 자리에 있었어.

네가 쳐다봐주면 돼.

그러면 그건 네 거야.

시계바늘을
거꾸로 돌리려 애쓰지 마 _____

'길포드 증후군'이라고 아시나요?

슬픈 희귀병이라고 불리는 이 병은,
젊은 나이에도 급격하게 늙어버리는 끔찍한 병입니다.
달리 말하자면 시간을 잡아먹는 병이지요.

몇 해 전, 우연히 TV에서 이 병을 앓고 있는 소년을 보았습니다.
소년은 겨우 열 살의 어린 나이임에도 피부가 쭈글쭈글하고 머리카락
이 듬성듬성 빠져 있었습니다. 어른으로 성장하기 전에 이미 노화가
진행된 것입니다. 친구들과 한창 재미있게 놀고 꿈을 키워가야 할 나
이에 소년은 벌써 죽음을 준비하고 있었습니다.
세상에 이보다 더 가혹한 형벌이 어디 있을까요?

소년에게 하루라는 시간은 한 달과 마찬가지고,
1년은 10년과 맞먹는 세월입니다.
소년의 사연을 들으면 주위 사람들은
다들 애처롭고 안타까운 눈으로 소년을 바라봅니다.

하지만 정작 당사자인 소년은 우울해하거나 좌절하지 않습니다. 소년은 환한 미소를 지으며 이렇게 말합니다.

"제게 주어진 시간이 얼마나 남았는가가 중요한 게 아니에요. 주어진 시간을 얼마나 행복하고 가치 있게 사는지가 중요하죠."

소년은 머지않아 죽을지도 모릅니다.
하지만 그 죽음은 헛되지 않을 겁니다.
우리에게 아주 소중한 삶의 가치를 알려줬으니까요.

한 번 지나가면 다시 오지 않는 것 3가지가 있습니다.
'활시위를 벗어난 화살'
그 어떤 방법으로도 날아가는 화살을 되돌릴 수 없습니다.
'입 밖으로 나온 말'
한 번 내뱉은 말은 다시 주워 담을 수 없습니다.

그리고 '시간'입니다.

이미 흘러간 시간은 되돌릴 수 없습니다. 어제는 오늘이 될 수 없고 지나간 시간은 현재가 될 수 없습니다.

돌이켜보면 시간 앞에 조금 부끄럽습니다.

돈과 명예는 붙들려고 안간힘을 썼으면서 가장 소중한 시간은 정작 그냥 흘려보냈습니다.

소년은 말합니다.

"싸우고 미워할 시간에 조금 더 사랑하세요."

지금 이 순간, 당신은 무엇을 하고 있습니까?

당신의 시간은 안녕한가요?

자꾸만 걸으면
길이 되듯이 _____

세계적인 베스트셀러 『갈매기의 꿈』은 많은 사람들에게 희망과 용기를 안겨주고 있습니다. 특히 지금 꿈을 향해 달려가고 있는 이들, 이미 늦은 건 아닐까 불안한 이들이 읽으면서 꿈에 대해 다시 생각해보고 마음을 다질 수 있는 이야기입니다.

주인공 갈매기 조나단은 매일 동료 갈매기들과 선창가와 고깃배 주위를 맴돌며 먹이를 찾아다니는 생활을 했습니다. 그러다 사람들이 먹다 버린 빵조각이라도 발견하면 먼저 차지하기 위해 아귀다툼을 벌이곤 했죠.

그러던 어느 날, 조나단은 단지 배를 채우기 위해 살아야 하는 삶에 환멸을 느끼고 꿈 하나를 가슴속에 품습니다. 그 꿈은 바로 누구보다 높이 하늘을 날아오르는 것이었습니다. 주위에서 만류했지만 조나단은 꿈을 이루기 위해 혼자 하늘을 나는 연습을 시작합니다. 매일 조금씩, 더 높이 날아오르기 위해 날갯짓을 하던 조나단은 이윽고 자신의 꿈을 달성합니다.

그렇게 누구보다도 하늘 높이 날아오르며 세상을 바라봅니다.

저자 리처드 바크는 이렇게 말합니다.
"가장 높이 나는 새가 가장 멀리 본다."

꿈은 '길'과 같습니다.
애초에 땅 위에 없었던 길도 사람들이 걸어가면 차츰 길이 되듯
꿈도 자꾸 품고 실행해야 이룰 수 있는 법입니다.
누군가가 이미 만들어놓은 길을 걸어가기보다는 나만의 길을 닦는 사람이 되면 더 좋겠지요.

지금은 비록 힘들어도,
분명 그 길 위에는 당신이 그토록 꿈꾸던 미래가 기다리고 있을 겁니다.

아기 새는
지금 잘 살고 있을까

아기 새 한 마리가 퍼덕이며 허공에 발길질을 하고 있습니다.

날고 싶어도 날개가 잘 펴지지 않는 모양입니다.

조금만 올라가면 제 둥지인데……

아기 새도 그것을 아는지 다시 한 번 날개를 꼼지락거리며 안간힘을

씁니다.

그러나 마음처럼 쉽지 않습니다.

세상 일이 그리 녹록지 않죠.

그렇게 한참 날개를 퍼덕이고,

바닥으로 떨어지고, 털썩 주저앉고, 다시 퍼덕입니다.

아기 새의 몸부림을 지켜보고 있자니 그의 마음이 왠지 쓰라립니다.

거센 바람이 불고 어둠이 찾아오자 그는 생각했습니다.

아기 새를 둥지에 올려놓을까.

아니다 아니다, 고개를 내저으며 뒤돌아섭니다.

퍼덕여라.

발버둥쳐라.

날갯짓해라.

그게 인생이지. 그게 희망이지.

문득 그런 생각이 든 겁니다.

어떤 생이든 결국 스스로 극복해야 하지요.

자기 힘으로 해내야 할 일이라면 그냥 내버려둬야지요.

섣불리 도움을 주면 그건 그만의 의지와 잠재력을 빼앗는 꼴이 되죠.

아기 새는 지금 어떻게 되었을까요?

분명 잘 살고 있을 겁니다.

힘차게 날개를 퍼덕거리며 하늘을 유유히 날고 있겠지요.

〈2장〉

지금이
가장 사랑하기
좋은 시간

조금
늦으면 어때서

속도에 너무 미쳐 있는 건 아닌가요?

남보다 더 많이 갖고, 남보다 더 앞서가고, 남보다 더 화려한 스펙을 쌓는 것만이 중요하다고 믿으시나요? 물론 그런 삶, 충분히 윤택하죠. 기왕이면 누군가의 아래보다는 위에 있는 게 낫고, 초라하기보다는 화려한 것이 보기에도 좋죠. 그러나 무작정 앞만 보고 급하게 달리다 보면 정말 소중한 것들을 놓치게 됩니다.

자전거를 탈 때를 생각해보세요. 자전거로 달리면 산뜻한 공기도 마실 수 있고 길섶에 핀 코스모스 향기도 맡을 수 있습니다. 그러나 빠른 것을 타고 가면 아름다운 풍경들이 눈에 들어오기도 전에 휙휙 지나가고 맙니다. 빨리 달리기 때문에 목적지에 빨리 도착할 순 있겠지만요. 속도도 중요하지만 천천히 가며 느끼는 것도 중요합니다.

소설가 수산나 타마로는 속도에 너무 연연하지 말라고 말합니다.

내 앞에 수많은 길들이 열려 있을 때, 그리고 어떤 길을 택해야
할지 모를 때, 되는 대로 아무 길이나 들어서지 말고 앉아서 기
다리라. 내가 세상에 나오던 날 처음 내쉬었던 그 숨을 쉬며 기
다리고 또 기다려라. 네 마음속의 소리를 들어라. 그러다가 마음
이 네게 이야기할 때 마음 가는 곳으로 가라.

조금 늦어도 괜찮습니다.

지금 당장 하지 않아도 상관없습니다.

보여줄 게 없고 내세울 게 없다 해도 뭐 어떻습니까.

세상을 다 담아가며 제대로 가면 되는 것이지요.

내가 원하는 게 무엇인지, 하면 할수록 더 즐거워지는 일이 무엇인지,

지금 하지 않으면 후회할 일이 무엇인지. 깊이 생각한 후 마음이 명령

하는 그 순간, 한 걸음 한 걸음 내디디면 되는 거지요.

큰 성과를 얻더라도, 속도가 다소 느리더라도 그 발걸음이 경쾌하고
설렌다면 그것만으로 아름다운 일이지요.

그게 진짜 나의 행복이고 나의 인생이지요.

인생은 호흡이 아니라 행동이다 —————————

소설가 프란츠 카프카는 '문 앞에서 죽어가는 사람'에 관한 이야기를 쓴 적이 있습니다. 「법 앞에서」라는 이 이야기를 읽고 저는 큰 깨달음을 얻었습니다.

한 사내가 굳게 닫힌 문 앞에 섭니다. 그곳을 지키고 서 있는 문지기에게 들어가게 해달라고 하자 문지기는 거절합니다. 다만 정 들어가고 싶다면 자신의 말을 무시하고 들어가도 좋다고 말하죠. 그 말에 사내는 다시 문지기에게 청할 생각은 접고 어떻게 하면 문지기를 피해 저 문 안으로 들어갈 수 있을까를 고민하며 하루하루를 보냅니다.

어느덧 세월이 흘러 사내는 노인이 돼버렸지만 여전히 문은 굳게 닫혀 있었습니다.

머지않아 자신의 죽음을 예감한 그는 원망을 담아 문지기에게 소리쳤습니다.

"왜 당신은 그토록 끈질기게 내가 문 안으로 들어가지 못하도록 막았던 겁니까?"

그의 말에 문지기는 고개를 내저으며 말했습니다.

"그게 무슨 소리입니까. 나는 당신을 막은 적이 없습니다. 이 문은 당신을 위한 문인 걸요."

"나를 위한 문이라면 왜 문 앞을 가로막고 서 있었던 겁니까?"

그러자 문지기가 이렇게 대답했습니다.

"들어가는 건 당신 마음이라고 이야기하지 않았습니까."

자신이 마음만 먹는다면 언제라도 문을 열고 들어갈 수 있었는데, 허락만 기다리던 그는 문 앞에서 일생을 허비하며 쓸쓸히 죽고 만 것입니다.

이 이야기를 읽고 어떤 생각이 드시나요?
아마도 문 앞에서 죽어간 그 사람이 참 어리석다,
이런 생각이 들 겁니다.

그런데 한번 곰곰이 생각해보세요.
그 사람만이 어리석은 걸까요?
그의 모습과 우리의 모습이 많이 닮아 있는 것 같지는 않나요?

우리는 조금만 더 앞으로 나선다면,
조금만 더 용기를 낸다면,
조금만 더 큰소리로 외친다면
이룰 수 있는데 지레 겁을 먹고 시도조차 하지 않습니다.

괜히 나섰다가 일만 더 복잡해질까봐, 책임질 일이 생길까봐 아예 나 몰라라 뒤로 물러나 방관합니다.

인생은 호흡하는 게 아니라 행동하는 것입니다.

그저 숨을 쉰다고 해서 살아 있는 게 아니라 세상을 향해 자신이 살아 있다고 소리치고 직접 부딪쳐야 합니다. 실행으로 옮겨야 비로소 존재감이 드러나고 성과를 낼 수 있는 겁니다.

인생을 살다 보면 종종 닫힌 문 앞에서 멈추게 됩니다.
그 문 뒤에 어떤 세상이 펼쳐질지 가늠할 수 없지만 멈춰 서거나 오던 길로 되돌아가선 안 됩니다. 인생은 만들어가는 자의 것입니다. 두려움 없이, 망설임 없이 문을 여세요. 그리고 소리치세요.

"내가 여기 있다."

"나는 지금 너를 만나러간다."

"나는 지금 변방에서 세상의 중심으로 간다."

과거를 버려야
미래를 만난다

싱크대에 음식 찌꺼기가 점점 쌓여갑니다.

며칠째 방치된 음식물쓰레기에서 풍겨 나오는 퀴퀴한 냄새가 진동을 합니다. 버려야지 버려야지, 하면서도 또 하루를 그냥 보냅니다. 귀찮고, 성가시고, 게다가 더러운 것을 손에 묻혀야 한다고 생각하니 자꾸 피하게 됩니다. 음식물 찌꺼기 하나도 제때 버리지 못해 이렇게 쩔쩔맵니다.

버린다는 것, 참 쉬운 일이 아닌 듯합니다.

특히 과거의 시간이 그렇지요. 함께 했던 추억이나 가슴 아픈 상처들이 겹겹이 쌓인 시간을 버린다는 게 참 어렵습니다.

하지만 한번 가고 나면 다시 오지 않을 것들인데, 이미 흘러간 것들인데 미련을 갖고 집착한들 무슨 소용이 있겠습니까. 지나간 버스에 대고 열심히 손을 흔들면 뭣하겠습니까. 지금 알고 있는 걸 그때도 알았더라면, 하고 뒤늦게 후회한들 무슨 도움이 되겠습니까. 보낼 것은 쿨하게 보내고 열린 마음으로 새로운 것을 받아들여야지요.

지금 당신은 과거를 사십니까, 현재를 사십니까.

세계적인 철학자 호세 오르테가 이 가세트는 이렇게 말했습니다.
"삶은 우리가 무엇을 하며 살아왔는가의 합계가 아니라 우리가 무엇을 절실하게 희망해왔는가의 합이다."
과거에 얽매여 사는 사람은 나약해질 수밖에 없습니다. 마음에 근심과 걱정만 쌓일 뿐 꿈도 희망도 사라지게 됩니다. 버릴 줄 아는 힘, 그것이 바로 앞으로 나아가는 지혜이고 활기찬 내일을 준비하는 일입니다.

지금 당장 버려야겠습니다.
덩그러니 있는 저 음식물쓰레기 봉투를.
무너져버린 지난 내 과거의 시간들을.

가슴에 남는
어느 노랫말처럼 —————————

노래를 들으면 가장 먼저 와닿는 것이 그 노래를 부르는 가수의 목소리입니다.

그다음이 멜로디나 템포입니다. 그렇게 하나하나 그 노래의 것들을 사랑하다 보면 서서히 가사도 귀에 들어옵니다.

글은 맨 마지막으로 옵니다. 듣고 보는 게 익숙한 세상이다 보니 글이 먼저 대우받지 못합니다. 그러나 일단 글이 가슴에 스며들면 참으로 오래갑니다. 쉽게 지울 수 없습니다.

예전에 가슴으로 들어온 노랫말이 하나 있습니다. 새로이 마음을 두드리는 노랫말도 많지만 여전히 그 노랫말이 가슴속에 살고 있습니다.

사이먼 앤 가펑클이 부른 '험한 세상에 다리가 되어Bridge Over Troubled Water'입니다.

> 몸과 마음이 지쳐 당신이 한없이 작게만 느껴지고
> 그래서 당신의 눈에 눈물이 고이면 내가 그 눈물을 닦아줄게요.
> 내가 당신 곁에 있잖아요. 힘든 시기가 닥치고
> 주위에 친구도 없다면 그럴 땐 내가 험한 세상의 다리처럼.
>
> 내가 당신의 다리가 되어드릴게요.
> 내가 당신의 다리가 되어드릴게요. 이 험한 세상의 다리처럼요.
>
> 당신의 인생 항해를 계속하세요. 멈추지 말고 계속.
> 당신의 꿈들이 점점 다가오고 있어요.
> 그 꿈들이 얼마나 빛나는지 한번 보세요.
> 이제 좋은 날들이 올 겁니다.
> 친구가 필요하다면 내가 바로 뒤에서 당신의 친구가 될게요.
> 이 험한 세상의 다리가 되어
> 내가 당신의 마음을 편안하게 해드릴게요.

그리고 유재석과 이적이 부른 '말하는 대로' 가사의 일부입니다.

말하는 대로 말하는 대로
될 수 있다곤 믿지 않았지. 믿을 수 없었지.
마음먹은 대로 생각한 대로 할 수 있단 건 거짓말 같았지.
고개를 저었지.

그러던 어느 날 내 맘에 찾아온 작지만 놀라운 깨달음이
내일 뭘 할지 꿈꾸게 했지.
사실은 한 번도 미친 듯 그렇게 달려든 적이 없었다는 것을
생각해봤지. 일으켜 세웠지 내 자신을.

말하는 대로 말하는 대로
될 수 있단 걸 눈으로 본 순간 믿어보기로 했지.
마음먹은 대로 생각한 대로
할 수 있단 걸 알게 된 순간 고갤 끄덕였지.
말하는 대로 될 수 있단 걸 알지 못했지. 그땐 몰랐지.
이젠 올 수도 없고 갈 수도 없는 힘들었던 나의 시절 나의 20대
멈추지 말고 쓰러지지 말고 앞만 보고 달려 너의 길을 가.
주변에서 하는 수많은 이야기 그러나 정말 들어야 하는 건
내 마음속 작은 이야기.

지금 바로 내 마음속에서 말하는 대로

말하는 대로 말하는 대로.

내 모습도, 내 언어도, 내 몸짓도

누군가에게 오래도록 남는 노랫말이 되길 바라며

그것을 음미해봅니다.

주저앉고
또다시 주저앉아도

어떠한 역경과 고난 속에서도 냉철한 이성으로

과감히 일을 처리하는 사람이 위대한 것이다.

운명은 사람을 차별하지 않는다.

사실 자신이 운명을 무겁게 느끼기도 하고

가볍게 여기기도 할 따름이다.

운명이 무거운 것이 아니라 자기 자신이 약한 것이다.

자신이 약하면 운명은 그만큼 강해진다.

연약한 사람은 언제나 운명이란 바퀴에 깔리고 마는 것이다.

– 루키우스 안나이우스 세네카

두 젊은이가 인생에 대해 더 많은 것을 깨닫기 위해 머나먼 여행을 떠났습니다.

길은 험하고 날씨는 혹독하게 추웠습니다. 배고픔과 추위를 견디지 못한 한 젊은이가 여행을 포기할 생각으로 그 자리에 주저앉았습니다.

그러자 다른 젊은이가 낙심한 친구의 등을 두드리며 이렇게 말했습니다.

"이왕 시작한 여행이니 우리 끝을 보자."

다시 두 사람은 힘을 내어 앞으로 나아갔습니다. 하지만 얼마 가지 않아 무덤과 해골들이 어지럽게 널려 있는 음산한 골짜기를 지나게 되었습니다.

뒤따라오던 젊은이는 자신들도 머지않아 이렇게 죽게 될 거라며 겁에 질려 또다시 주저앉았습니다.

그런데 다른 젊은이는 오히려 기뻐했습니다. 함박웃음까지 짓던 그는 친구를 일으켜 세웠습니다.

"시체가 있다는 건 사람들이 이곳을 지나갔다는 증거야. 달리 생각하면 근처에 마을이 존재한다는 말이지."

그의 말대로 골짜기를 지나자 마을이 나타났고, 두 젊은이는 그곳에 머물며 편히 쉴 수 있었습니다.

인생은 끝도 없이 펼쳐진 바다 위를 항해하는

기나긴 여행과도 같습니다.

잔잔한 물결 위를 기분 좋게 항해하는 날도 있을 것이고

격랑 속에 휩싸여 절망에 빠진 채

삶을 놓아버리고 싶은 순간도 있을 겁니다.

지금 가는 길이 힘들어도 어쩌겠습니까.

믿을 수밖에요.

모든 것은 지속되지 않습니다.

비도 언젠가 그치듯 절망도 멈출 날이 있겠지요.

그 끝에 '희망'이라는 작은 먼지가 나풀대고 있겠지요.

세상에서
가장 훔치고 싶은 것 _____

나는 도둑입니다.

매일 밤 담장을 넘습니다.

아무리 자물통을 견고하게 만든다 해도

모든 문을 쉽게 열 수 있습니다.

가느다란 철사 하나면 충분합니다.

벌써 십 년째 나는 이 일을 해왔습니다.

그동안 꽤 많은 보물과 돈을 모았습니다.

이제는 밤마다 고생하지 않아도 먹고살 만합니다.

그런데 여전히 이 일을 지속할 수밖에 없는 이유가 있습니다.

꼭 훔치고 싶은 물건이 있기 때문입니다.

그것을 훔치기 전까지는 끊임없이 담장을 넘을 것이고
복면을 풀지 않겠습니다.

그 물건은 참으로 이상합니다.
자물통이 없는데도 문을 열기 어렵고
누구 하나 지키는 사람이 없는데도
도무지 훔칠 수가 없습니다.

훔치고 싶어도 내 맘대로 안 되는 것,
세상에서 가장 훔치기 어려운 것,
그것은 바로 '당신의 마음'입니다.

익숙함,
그 소중함에 대하여 _____

온종일 헤드폰을 쓰고 생활합니다.

사실 음악은 흐르지 않습니다. 그러나 헤드폰을 쓰고 있습니다.

언제부터였을까요.

그가 미워지지 시작한 날부터입니다.

그의 목소리를 듣고 싶지 않아 일부러 헤드폰을 쓰기 시작했습니다.

그랬더니 그가 더 이상 말을 걸어오지 않습니다. 덕분에 생활은 좀 자유로워졌습니다. 그런데 그 자유로움이 그리 오래가지 못했습니다.

미안한 생각이 들었습니다. 음악을 듣기 위한 이 물건이 그의 입을 막는 데 쓰이다니…

며칠 후, 헤드폰을 벗었습니다.

헤드폰을 벗자마자 그가 다시 말을 걸어왔습니다.

그의 말이 다시 고막을 흔듭니다. 그래, 하루 종일 누구 하나 말을 걸어오지 않는데 이 소리마저 없다면 얼마나 쓸쓸할까. 문득 그 소리가 고마워집니다. 때론 지겹고 귀찮기도 하지만 그래도 듣지 않으면 왠지 허전한…… 고맙습니다.

그 익숙한 목소리.

두 번 다시
사랑하지 않겠다 _____

한 사람이 다른 사람을 사랑하는 것

그것은 아마도 우리가 하는 수많은 일 중에서 가장 어려운 일일

것이다.

다른 모든 일들은

단지 그것을 준비하는 과정일 뿐이다.

−라이너 마리아 릴케

이제 두 번 다시는 사랑하지 않겠다고 오늘도 다짐하셨는지요.

하지만 그건 잠시 잠깐 찾아온 생각일 뿐

당신은 다시 사랑하게 될 것입니다.

이름 없는 들꽃도 누군가가 사랑해주지 않으면
꽃을 피우지 못합니다.
들꽃도 그러하거늘 하물며 사람은 어떻겠습니까.

지금 당신은 힘이 듭니다. 가슴이 아픕니다.
눈물이 마르지 않습니다.
그건 당신의 사랑이 다른 이에게 잠시 옮겨가는 과정일 뿐
당신의 사랑이 전부 소멸된 것은 아닙니다.

사람은 사람을 벗어나 살 수 없습니다.
사람과 사람은 만나야 합니다.
사람은 결국 비벼대며 살아야 합니다.

당나라 시인 백거이의 글에 '비익'이라는 새가 나옵니다.
그 새는 눈도 하나요, 날개도 하나입니다.
혼자서는 결코 날지 못합니다.
두 마리가 서로 기대어 마치 한 몸인 듯 날갯짓을 할 때
비로소 하늘을 날 수 있습니다.

상처는 아물기 위해 존재합니다.
사랑했던 만큼 이별도 아름다워야 합니다.

떠나는 이의 뒷모습에 마지막 미소를 붙여주세요.
그리고 마음의 문을 여세요.

이별의 상처가 아물 즈음, 분명 사랑이 찾아올 것입니다.
이 세상엔 한쪽 눈과 한쪽 날개만 가진 이들이
의외로 많이 존재하니까요.

누군가를
사랑해야 한다면 _____

젊은 시절, 서로 사랑한 연인이 있었습니다.

둘은 평생을 함께하고자 했으나 여자의 아버지가 둘의 교제를 반대했습니다.

"절대로 교제를 허락할 수 없다. 결혼은 더더욱 안 된다!"

결국 이들은 결혼에 이르지 못하고 헤어졌습니다.

그로부터 60년 후, 1977년 어느 날 이 둘은 한 요양원에서 운명적으로 재회합니다.

놀랍게도 이 두 사람은 모두 독신이었습니다.

서로에 대한 애틋한 감정이 그 오랜 세월을 홀로 버틸 수 있게 한 것이지요.

"언제 다시 만날지 몰라 홀로 지냈소."

"저 역시 그랬어요."

그렇게 둘은 결혼을 했습니다.

이때 신랑의 나이가 무려 85세였습니다.

사랑은 참 위대합니다.

사랑은 그 어떤 가치보다도 고귀합니다.

설령 그것이 눈에 보이지 않거나 손에 잡히지 않는다고 해서 너무 조급해하거나 두려워할 필요는 없습니다. 사랑은 반드시 가까이 있고 그리움을 간직한 자들의 몫이니까요.

라술 감자토프의 시 한 편을 소개합니다.

만약 그대를 천 명의 사람이 사랑한다면
그 천 명 중에는 내가 포함되어 있을 것입니다.
만약 그대를 백 명의 사람이 사랑한다면
그 백 명 중에 내가 포함되어 있을 것입니다.
만약 그대를 열 명의 사람이 사랑한다면
그 열 명 중에 내가 포함되어 있을 것입니다.
그리고 그대를 사랑하는 사람이
단 한 명뿐이라면 그가 바로 나일 것입니다.

그러나 그대를 사랑하는 이가

이 세상에 하나도 없게 된다면 그때는

내가 죽었다는 것을 의미합니다.

사랑은 낙엽 하나 떨어질 정도의 바람으로 오지 않습니다. 삶이라는
나무의 뿌리까지 송두리째 흔들며 강렬하게 다가오는 것입니다.

당신은 지금 사랑에 빠졌나요.

오직 한 사람만의 사람이고 싶으신가요.

그렇다면 입술만 깨물지 말고 지금 바로 달려가세요.

그 고백이 설령 메아리가 되어 돌아와도 너무 슬퍼하지 마세요.

죽어도 아니 다시 살아도 꼭 이루어질 사랑이라면

언젠가는 그 사랑이 반드시 찾아올 테니까요.

지금이
가장 사랑하기 좋은 시간 _____

마르코스는 밤에 잠을 자다가 일어나서

내 얼굴을 물끄러미 보면서

내가 보고 싶었다고 얘기하곤 했죠.

잠든 그 순간에도 나를 그리워했던 그 사람은,

지금 얼마나 내가 보고 싶을까요.

– 이멜다 마르코스

사랑한다는 말을 하루에 몇 번이나 하십니까?

사랑한다는 그 흔하디 흔한 말을 몇 번이나 하십니까?

마음은 있는데 왠지 쑥스러워 그 말을 하기가 힘드신가요?

하지만 이제부터는 사랑한다는 말을 자주 하세요.

너무 오래 가슴 깊은 곳에 담아두고 숨기다 보면
사랑한다는 말을 마음 밖으로 꺼내기가 정말 힘들어질 테니까요.

아침 해가 떠오르면 사랑하는 이에게 사랑한다고 말하세요.
사랑의 말은
하루를 상쾌하게 열어주는 환희입니다.

길섶을 지나다가 풀꽃에게 사랑한다고 말하세요.
사랑의 말은
아름다운 자연을 살찌우는 영양분입니다.

해가 지면 전봇대에 매달린 별님에게 사랑한다고 말하세요.
사랑의 말은
세상의 어두운 구석까지도 밝혀주는 희망입니다.

사랑한다는 말 한마디가 세상을 아름답게 만듭니다.

아침 해는 풀꽃에게,
풀꽃은 별님에게,
별님은 다시 사랑하는 이의 마음 깊은 곳까지 행복을 전해줍니다.
사랑은 전염성이 강해 당신 곁에 행복한 사람이 많아질 것입니다.

지금 당신 곁에 있는 사람에게
사랑한다는 말을 건네세요.

바로 지금 이 순간이 사랑한다는 말을 전하기에
가장 좋은 시간입니다.

아무도 없는 섬에
가는 중입니다 _____

우리는 모두 한데 모여 북적대며 살고 있다.

그러나 우리는

너무나 고독해서 죽어가고 있다.

-슈바이처

막차를 타고 돌아오는 길,

오늘따라 유난히, 매번 지나던 길이 새삼 낯설게 느껴집니다.

새끼손가락만큼 열린 창틈으로 밀려 들어오는 바깥세상

하나둘 가게의 불빛은 점점 희미해지고

달님조차 구름 뒤에 숨어
순식간에 사람들의 가슴속에 어둠이 드리웁니다.

어둡다는 것,
그건 쓸쓸함의 시작일까요.

낮 동안에 함께 웃음을 주고받던 수많은 사람들,
믹스커피를 나눠 마시며 삶의 무게를 내려놓았던 동료들,
출근길에 어깨를 부딪치며 아직도 졸린 나의 하루를 서둘러 깨웠던
익명의 사람들.
그 많던 사람들이 지금 다들 어디로 사라졌는지,
어느 곳으로 숨고 말았는지.
가을 거리에는 쓸쓸한 발자국 몇 개만 비뚤비뚤 남아 있습니다.

나는 지금 집으로 가고 있습니다.

아니 잠시 자그마한 섬으로 홀로 여행을 떠나고 있는지도 모릅니다.

소금 냄새에 이끌려 덜컹거리는 버스를 타고
아무도 없는 섬,
그 불 꺼진 섬에 가는 중입니다.

갈매기의 발목에는 꽃편지가 묶여 있고
물 위에는 누군가가 던져놓은 그리움의 파문이 아직도 흔들거리는.

쓸쓸합니다.
이 계절에는 혼자라는 사실이 참 불편합니다.
울고 싶을 때 기댈 가슴 하나 없고
기쁠 때 서로 미소를 건넬 얼굴 하나가 없는 까닭입니다.

이게 바로 쓸쓸하다는 것이구나
새삼 입가에 쓴웃음이 머뭅니다.

한때는 사람이 싫어서, 사람이 지겨워서
그 둘레를 벗어나고자 몸부림을 친 적이 있었지만
막상 그 틀을 벗어나면 다시 사람이 그리워지는 건 왜일까요.

천상 나도 사람인가 봅니다.

그렇습니다.
사람이 사람을 그리워해야 정말 사람인 것이지요.
나만의 섬, 나만의 바다,
나만의 갈매기는 더 이상 의미가 없습니다.

사람들 안에 내가 있고 그대가 없으면 나도 없기에.

사람이 그립습니다.
비가 오려고 끄물거리는 이런 날에는
정말이지 사람 냄새가 그립습니다.

적자인생

앉은뱅이 밥상에 노트북을 올려놓고 종일 글을 쓰고 있노라면
허리도 아프고, 목도 아프고, 특히 무릎 관절에 통증이 옵니다.
의자에 앉아 책상에서 편하게 글을 쓰면 될 걸 미련하게 왜 이럴까.
정말 왜 앉은뱅이 밥상에서 나는 벗어나지 못하는 걸까.
그 이유를 한번 생각해봅니다.

글을 쓰다가 배고프면 밥이랑, 국이랑, 김치랑 옆에 올려놓고 바로 먹
을 수도 있고 배가 좀 부르다 싶으면 바로 뒤로 벌러덩 누워 잠을 잘
수도 있으니까요.

그리고 무엇보다도 글쓰기에 빠져 한참 동안 자판을 두드린 후,
잠시 고개를 쳐들 때 허리며, 무릎이며 전해져오는 통증,
그 참을 수 없는 통증을 느끼며 생각합니다.

아, 오늘도 참 열심히 썼구나.

밥값을 했다는 안도감.

그래서 앉은뱅이 밥상을 떠나지 못합니다. 오늘은 밥상에서 한 끼 밥값 정도의 글을 썼습니다. 그러나 세 끼 다 꼬박꼬박 먹었습니다.
적자인생, 오늘도 열심히 적습니다.

안녕히 가세요

도시는 하루가 다르게 변화합니다.

불과 몇 달 전까지만 해도 버젓이 있던 건물이 어느새 사라져버리고 새로 지은 건물이 떡하니 자리 잡고 있습니다. 뽕밭이었던 그 자리도 어느 날 거대한 공룡들 같은 새 아파트가 줄지어 서 있습니다.

발전이라는 것, 변화임에는 분명합니다.

하지만 옛것의 자리를 밀어내고 새것이 들어서는 것만 발전을 의미하는 건 아닙니다. 그러나 안타깝게도 사람들은 은연중에 새로운 것만을 발전의 의미로 받아들이는 것 같습니다.

길거리를 걷다가 낡고 허름한 건물 이곳저곳에 빨간색 락카로 X 표시가 칠해져 있는 것을 봤습니다. 머지않아 저 건물들은 먼지와 함께 사라지겠지요.

그 자리에는 새 건물이 들어서고 새로운 사람들로 가득 채워지겠지요.

문득 할머니의 한숨 섞인 말 한마디가 생각납니다.
"늙으면 죽어야지."

물론 누구나 이 세상에 왔으면 되돌아가는 게 당연한 순리입니다. 물 흐르듯 자연스러운 일인데 요즘은 왠지 그렇지 않은 것 같습니다. 옛 것들이 새로운 것들에 밀려 쫓기듯 사라지는 건 아닌가 하는 안타까운 생각이 듭니다. 오래됐다고 해서, 낡았다고 해서 함부로 대하고 그 자리를 아무렇지도 않게 빼앗는 꼴이라면 이 세상 팍팍해서 어찌 살겠습니까.

사람들의 발길이 끊긴 지 오래인, 사망선고를 받은 건물만이 덩그러니 서 있습니다.
그 건물 앞에서 지난 추억들이 어디로 가야 할지 갈피를 잡지 못한 채 우왕좌왕하고 있습니다.

문득 궁금해집니다.
소머리 국밥을 잘 끓이던 그 아주머니는 어디로 갔을까.
작은 구멍가게를 하시는 노인 양반은 잘 살고 계실까.
꽃가게를 하던 아가씨는, 김밥을 말던 할머니는······

그들의 안부가 궁금합니다. 그들의 얼굴이 그리워집니다.
그때의 시간이 사무칩니다.

내 인생의 한 부분이
그리워집니다.

우산 속
혼자인 나 _____

우산 없이 집을 나서는 그대를 바라보며 이른 아침부터 얼마나 기뻤는지 모릅니다. 어젯밤 일기예보에 오늘 밤부터 비가 온다고 했기 때문입니다. 이런 기회가 어디 있습니까. 하늘이 우리 둘을 맺어주기로 작정을 한 모양입니다.

기다리겠습니다.
그대가 퇴근하고 돌아올 때까지 버스정류장에서 기다리겠습니다.

하늘이 도왔는지 오늘따라 일기예보가 정확합니다. 가로등에 하나둘 불이 켜질 즈음, 한 방울 두 방울 비가 떨어지기 시작했습니다. 그러더니 갑자기 허공에 사선을 그으며 세차게 쏟아집니다.

옷장에서 가장 예쁜 옷을 입고, 한 듯 안 한 듯 엷게 화장을 하고 설레는 마음으로 집을 나섭니다. 우산은 하나만 갖고 나왔습니다. 그대와 함께라면 내 어깨 한쪽이 다 젖어도 상관없으니까요. 아니 이 세상에 내리는 비를 전부 다 맞아도 괜찮습니다.

긴 기다림.

비에 젖은 사람들과 우산을 든 사람들만 오갈 뿐 그대는 보이지 않습니다.

빗줄기는 점점 굵어지고 사람은 거의 다 사라졌습니다. 어느덧 밤이 깊어 마지막 버스만 남았습니다. 저 멀리서 흔들리는 두 줄기의 빛이 보입니다. 가슴이 콩닥콩닥 뜁니다. 옷매무새를 매만집니다.

버스 문이 열리고 사람들이 내립니다.
이 사람이 아닙니다. 저 사람도 아닙니다. 그렇게 사람들을 모두 내려놓은 버스는 사라지고……

그대는 내리지 않았습니다.
보이지 않았습니다.

무슨 일이라도 생긴 건 아닐까.

도대체 왜 내리지 않은 걸까.

어디서 비를 맞고 있는 건 아닐까.

집으로 돌아오는 길, 자꾸만 뒤돌아보게 됩니다.

우산 속 혼자인 나, 비는 맞지 않았지만 내 마음은 다 젖었습니다.

뚝뚝뚝 심장 끝자락에서 물방울이 떨어집니다. 오늘 밤 쉽사리 잠에

들지 못할 것 같습니다.

그런 친구가
있나요 _____

때로 약간의 변덕과 신경질을 부려도

그것이 애교로 통할 수 있을 정도면

나의 변덕과 괜한 흥분에도

적절히 맞장구를 쳐주고 나서,

얼마의 시간이 흘러 내가 평온해지거든

부드럽고 세련된 표현으로 충고를 아끼지 않았으면 좋겠다.

– 유안진

한 사내가 최고의 향기를 발산하는 진흙을 얻었습니다.

사내는 진흙에게 물었습니다.

"네가 그 유명한 바그다드의 진주냐?"

"아닙니다."

"그럼 너는 인도의 사향이냐?"

"아닙니다."

"그럼 너는 무엇이냐?"

"나는 한 덩이의 진흙일 뿐입니다."

"그런데 도대체 어떻게 그토록 좋은 향기가 나는 것이냐?"

"그 비결은 내 친구 백합 때문입니다."

오랫동안 백합이 뿌리를 박고 꽃을 피워 살았기 때문에 그 향기가 진흙에 밴 것입니다.

당신에게는 사람 냄새나는 친구가 있으신가요.

늘 곁에서 내게 힘이 돼주고 세상이 날 외면할 때도 끝까지 나를 믿고 응원해줄 친구, 그런 친구가 있으신가요.

있다면 당신은 부자입니다.

그런 친구가 있다면

당신은 참으로 행복한 사람입니다.

도둑님에게 부탁합니다 _____

이 세상에 도둑이 있다면
그리고 공교롭게도 이 글을 읽는 당신이 도둑이라면
부디 현대아파트에는 접근하지 마시길.

우리 아버지, 그곳에 살고 계신다네.
달 밝은 밤에 긴 방망이 옆에 차고
입엔 언제나 호루라기를 물고 계신다네.

나이 일흔하고도 둘.
비가 오나 눈이 오나
뜬눈으로 매일 밤 세상의 평화를 지키고 계신다네.
어둠의 무게가 눈꺼풀에 내려앉으면
아버지는 젊은 날의 사랑을 추억하며

졸음을 전봇대 위에 걸쳐놓으신다네.

아버지, 내 아버지
오늘도 심심하시다고
못난 아들이 끼적거린 시집을
달빛에 비추며 쓰린 상처를 데워주신다네.

그러니 부디 당신이 도둑이라면
오늘 밤에 세상을 훔치기로 작정했다면
부디 당신이여,
아버지가 근무하는 아파트는 피해주시길.

사고로 다친 한쪽 다리가
아직도 아물지 않았으니

우리 아버지,
젊은 자식들을 위해 열심히 고생하시는
우리 시대의 아버지를 위해
부디 도둑질은 저 멀리서 하시길
오늘 밤도 모두 다 별 탈 없으시길.

사당역에서 _____

인생은 어쩌면 방향과의 싸움이다.

이 길이 옳다고 확신했지만 아니라는 걸 깨달을 때가 종종 있다.

그럴 땐 별 수 없다. 그 자리에 주저앉아 엉엉 우는 수밖에.

내가 선택한 오류에 대해 인정하고 다른 길을 도모할 수밖에 없다.

확신에 찬 길도,

이렇게 흔들릴 때가 있는데

하물며 갈 길조차 정하지 않았다면

그건 허공 위에 발자국을 남기는 것과 같다.

이번에 들어오는 지하철을

초조한 나머지 무작정 오르지 마라.

차라리 몇 번을 그냥 보내라.
종일 서성여도 좋다.
다만 내가 지금 서 있는 위치와
내가 지금 꿈꾸는 목적지만은 잊지 마라.

조금 늦더라도 바르게 가는 것이 중요하다.
설령 실패한다고 해도 후회는 없다.

지금 지하철 한 대가 들어온다.
갈아타는 곳, 어서 타자.
아니다, 이쪽이 아니라 저쪽이다.

속도에 현혹되지 말고
그래, 인생은 방향이다.

〈3장〉

내게 다가올 한 사람

세상의 시간과
나의 시간 _____

인생에 낭비라는 것은 있을 수 없다. 실업자가 10년 동안 아무 것도 하는 일이 없이 낚시로 소일했다고 치자. 그 10년이 낭비였는지 아닌지는 10년 후에 그 사람이 무엇을 하느냐에 따라 달려 있다. 낚시를 하면서 반드시 뭔가 느낀 점이 있을 것이다. 실업자 생활을 어떻게 받아들이고 어떻게 견뎌나가느냐에 따라 그 사람의 내면도 많이 달라질 것이다. 헛되이 세월을 보낸다고 하더라도 뭔가 남는 게 있을 것이다. 문제는 헛되이 세월을 보내는 데 있는 것이 아니라 그것을 어떻게 받아들여 훗날 소중한 체험으로 살리느냐에 있다.

-이병철

이런 때가 있습니다.

세상의 시간은 빠르게 움직이는데

내 시계만 멈춘 것처럼 느껴질 때,

세상 사람들은 앞다퉈 저만치 달려가는데

나만 제자리라 느껴질 때,

세상의 행복들이

나를 제외한 다른 사람들에게만 주어지는 것 같을 때,

세상의 모든 아픔이

오롯이 나만을 향하고 있다고 느껴질 때.

마음이 말할 수 없이 암담하고 힘겹습니다.

신은 인간에게 극복할 수 있는 시련만 준다고 했던가요.

어쩌면 더 큰 기회를 주기 위해 훈련을 시키는 것인지도 모릅니다.

좀 더 쉽게 일어나는 법을 가르쳐주기 위해 일부러 넘어뜨렸는지도

모릅니다. 작은 행복의 기쁨을 깨닫게 하기 위해 큰 아픔을 줬는지도

모릅니다.

시간이 흘러갑니다.

인생이 흘러갑니다.

이 시간 역시 온전히 나를 위한 시간이겠지요.
당신을 위한 시간이겠지요. 이 시간을 통과해야만 더 좋은 날들이 오
겠지요.
오늘도 시간을 낚습니다. 희망의 찌가 흔들립니다.

젖은 마음 말리기 _____

느닷없이 소나기가 내리면 우왕좌왕하기 마련입니다.

일단 뜁니다. 비를 피할 수 있는 장소를 찾아 뛰어갑니다. 순식간에 건물 입구에 사람들이 몰려듭니다. 길거리는 휴가철이 끝난 바닷가처럼 한산해집니다. 일기예보에도 없던 소나기라 우산을 준비한 사람은 거의 없습니다. 빗줄기가 점점 굵어집니다.

금방 지나가는 비가 아닌가봅니다.

발을 동동 구르며 하늘만 바라봅니다.

급한 일이 있는지 한 사람이 빗속으로 뛰어듭니다. 곧이어 다른 한 사람도 뛰어듭니다. 언제 그칠까, 기약 없이 기다릴 수만은 없는 법. 하나둘 쏟아지는 빗방울에 몸을 맡깁니다.

비를 맞으며 터벅터벅 걸어가는 길, 느닷없음에 대해 생각해봅니다. 살다 보면 이렇게 준비할 겨를도 없이 불쑥 찾아오는 것들이 있습니다.

사람과 사람 사이의 이별이 그렇고,
병이 그렇고,
믿었던 사람들의 배신이 그렇습니다.

미리 예상한 일이라면 어느 정도 마음의 준비도 하고 피할 수 있는 길도 강구하겠지만 느닷없이 찾아오는 탓에 막을 수도, 피할 수도 없습니다. 갑작스러운 일이라 충격도 더 크고 상실감도 이만저만이 아닙니다. 그런데 곰곰이 생각해보면 꼭 불행한 일만 느닷없이 찾아오는 건 아닙니다.

기쁜 일, 행복한 일도 느닷없이 찾아옵니다. 그러고 보면 세상의 모든 일이 느닷없이 찾아오는 것 같습니다. 내일 무슨 일이 일어날지는 아무도 알 수 없습니다.

소나기를 피하자고 매일 우산을 들고 다닐 수도 없는 노릇입니다. 피할 수 없다면 받아들이는 수밖에 없지요. 그게 설령 불행한 일이더라도 말입니다.

다만 우리가 취해야 할 마음의 자세가 있습니다.

먹구름 뒤에 무지개가 있다는 사실,

슬픔의 그릇이 다하면 행복의 그릇이 그 자리를 채운다는 사실을 믿는 것입니다.

비를 흠뻑 맞은 날,

밤새 감기 기운 때문에 끙끙 앓았습니다.

그러나 며칠 지나고 나면 아무 일도 없었다는 듯 말끔히 회복하리라는 걸 의심치 않습니다. 비가 오면 맞고, 볕이 드리우면 젖은 마음을 말리고, 또 비가 와도 다시 말리고…… 그러면 되는 겁니다. 미리 걱정할 필요가 없습니다.

오늘 날씨, 어떻습니까?

볕이 참 좋습니다.

젖은 마음, 바짝바짝 말려

훌훌 털어내기 참 좋은 날입니다.

고독에
익숙해지기 전에

우리는 마차를 타고

이 세상에서 멀어져 숲속으로 갔네.

난 그대에게 말을 건넸고

깊은 숲속에 이르자

또 다른 목소리가 노래하고 있었네.

– 빅토르 위고

고독하다, 그렇게 느껴지는 순간이 있습니다.

곁에 사람이 없어서 그렇게 느낄 때도 있지만

반대로 너무 많은 사람들 틈바구니 속에서 지내다 보니

정작 나 자신을 잃어버린 탓에 느끼는 경우도 있습니다.

고독이 찾아올 때 와락 껴안은 채 오래 두면 안 됩니다.
고독이란 녀석의 본래 속성이 늪과 같아서 한 번 빠지면 한없이 깊어
지고 벗어나기 어렵기 때문입니다.

고독에 익숙해지기 전에 탈출하세요.
닫힌 어둠 속에서 머물러 있지 말고 볕 좋은 날은 볕을 쬐러 밖에 나
가세요.

비 오는 날은 친구들을 불러 부침개라도 부쳐 먹으세요.
치유는 결국 어울림 속에 있습니다.
그리고 그동안 무심하고 소홀히 대했던 나 자신과도 얘기를 나누세요.
지금 이 순간만큼은 나만을 위한 일을 해보세요.
나만을 생각하고 나만을 안아주세요.

기회가 된다면 나만을 위한 여행을 떠나세요.
일상도, 인생도, 꿈도, 야망도 잠시 털어버리고
어제의 나와 손잡고 오늘로 걸어가세요.

나만
부를 수 있는 노래 ——————

겨울 바다에 간 적이 있습니다.

오직 바람만을 호주머니에 넣고 홀연히 소금 냄새를 따라 수평선을
오래 거닌 적이 있습니다.

갯벌과 눈발이 뒤섞여 꼭 팥빙수 같은 제부도.
다소 황량해 보이고 쓸쓸해 보이기도 했지만 꽤 괜찮은 바다였습니다.

누구나 온전히 혼자인 법은 없습니다.

바다는 혼자 걷는 나를 혼자 두지 않았습니다.

갈매기가 나에게 추파를 던지고,

파도가 나에게 말을 걸고,

노을이 내게 손을 뻗었습니다.

걷다 보니 배가 출출해 인근 칼국수 집에 들어갔습니다.

쫄깃한 면발과 따끈한 국물이 시린 내 마음을 위로해주었습니다.

안경에 김이 서려 앞이 보이지 않아도, 입천장이 덴 것 같아도,

그렇게 열심히 한 그릇을 먹다 보니 어느새 몸이 뜨거워졌습니다.

이 뜨거움으로 며칠은 버틸 수 있겠다는 생각이 들었습니다.

하루 머물 곳을 찾다가 그만 천장에 온갖 색의 형광등을 걸어놓은 밤

하늘을 보게 되었습니다.

아, 이곳에서 오래도록 자고 싶다.

그 수많은 별 중에 내가 찾는 별은 과연 어느 것일까.
하나둘 별을 헤아리다가 그대로 잠이 들었습니다.
그리고 꿈속에서 이런 생각을 했습니다.

내가 지금 섬에 갇혀 있는 게 아니라 섬이 내 안에 갇혀 있구나.

내 고독이 나를 되레 자유롭게 하는구나.

나만 부를 수 있는 노래,
나만 느낄 수 있는 인생,
그게 어쩌면 나로 사는 거구나.
눈을 뜨니 다시 일상이었습니다.

경계선에 서 있는 자를 위한 변명 _____

"너는 둘 중에 어느 쪽이냐?"

잠시 머뭇거리자 그가 다시 강한 어투로 똑같은 질문을 던집니다. 그 질문 안에는 분명 이런 의미가 담겨 있습니다.

'나랑 같은 편에 서지 않는다면 이제 우리의 인연은 여기서 끝이야.'

끝내 답할 수 없었습니다.

우유부단하고 줏대도 없다고 말할 수 있겠지만 정말로 그게 솔직한 심정입니다.

꼭 둘 중에 하나만 선택하라는 법은 없지 않나요.

이것이 좋기도 하고 때론 싫기도 하고,

저것이 좋다가도 금세 미워지기도 하잖아요.

둘 다 좋다가도 다 싫어지기도 하고,
둘 다 이해할 수 없다가도 둘 다 이해가 되는 그런 감정.

중간쯤.
어중간함.
어정쩡함.

이런 감정을 갖고 있다고 해서, 이런 선택을 한다고 해서 비난을 받을
이유가 있나요. 반드시 한쪽으로 치우쳐야만 강하고 뜨거운 게 아니
잖아요. 목소리만 크다고 해서 다 옳은 것도 아니고요. 핏대를 세우지
않는다고 해서 주장이 없다고 할 수 없잖아요.

어쩌면 중간자가 더 객관적이고, 이성적이며, 바다처럼 넓은 가슴을
소유했을 수도 있잖아요.
안 그런가요? 중요한 이치를 깨우친 인생의 고수일지도 모릅니다.

극단으로 가지 맙시다.
강요하지 맙시다.
비난하지 맙시다.

중간자를 위한 변명의 시간이었습니다.

마음이
통하는 사람 _____

오랜 친구와 함께 있으면

그 누구와 함께 있을 때보다 진짜 내 모습이 될 수 있다.

서로 잘 안다는 것,

잘난 체하거나 변명할 필요가 없다는 것을 알기 때문이다.

– 셀리아 브레이필드

어떤 집에 강도가 들어왔습니다.

강도는 집주인에게 권총을 겨누며 손을 들라고 소리쳤습니다.

하지만 집주인은 손을 들지 않았습니다. 강도는 다시 한 번 손을 들라
며 거칠게 위협했습니다. 그런데 집주인은 여전히 손을 들지 않았습
니다.

뜻밖의 반응에 강도는 당황해서 소리쳤습니다.

"당신은 내가 무섭지도 않아요?"

"물론 무서워요. 하지만 신경통 때문에 도저히 손을 들 수 없어요."

그 말을 들은 강도는 고개를 끄덕였습니다. 그리고 한결 부드러워졌습니다.

"신경통? 사실은 나도 그것 때문에 고생하고 있소."

두 사람은 각자가 겪고 있는 증세에 대해 오래도록 이야기를 나눴습니다.

참으로 위안이 되고 즐거운 대화였던 터라 둘은 어느새 서로가 강도와 집주인이라는 사실조차 잊고, 급기야 친한 사이가 되고 말았습니다.

오 헨리의 단편소설 「강도와 신경통」의 내용입니다.

천진난만한 두 사람.

이처럼 서로 통한다는 것, 마음을 나눈다는 것.

그것은 그 어떤 위로나 선물보다도 강합니다.

우리는 흔히 말합니다.

"네 마음 다 알아."

하지만 과연, 정말 그럴까요?

조금만 수틀리면 매몰차게 따지기 일쑤고,
상대방의 기분이나 감정 따위는 나 몰라라 외면하고 맙니다.

사랑하는 사람이 아파도 마찬가지입니다.
"미련하게 왜 그러고 있어. 진작 병원에 가라니까."
맞는 말입니다. 아프면 병원에 가야지요.
하지만 당장 필요한 말이었을까요?

"괜찮을 거야. 같이 가자."
같은 편이 되어주는 것, 같은 마음이라는 걸 전하는 것.

바로 그것이 필요한 거겠지요. 내 마음의 깊이를 그의 마음 깊이에 맞
추는 겁니다. 손해 보는 느낌이 든다 해도, 자존심이 상한다 해도, 익
숙한 말이 아니라 해도 그런 게 뭐가 중요합니까.

하나가 된다는 것,
마음과 마음이 통한다는 것,
어쩌면 우리가 잃어버린
가장 아름다운 마음일 것입니다.

순간, 스쳐 지나갔어
그 생각이 ————————

'문득'이라는 단어를 좋아합니다.
머릿속에 언제나 머물러 있는 생각이 아니라 갑작스레 찾아오는 생각.

커피를 마시다가 문득 커피 잔에 그대 얼굴이 아른거립니다.
그랬지요.
그대는 커피를 참 좋아했었지요.

비 오는 날, 덩그러니 방에 앉아 있으면 문득 막걸리에 파전을 먹던
생각이 납니다.
그랬지요.
그때는 얼굴만 보고 있어도 좋았지요.

식당에서 보글보글 끓는 청국장을 보면 문득 하늘에 계신 어머니가 생각납니다.

그랬지요.

어머니의 청국장이 참 일품이었지요.

꽃집 앞을 지나다가 안개꽃을 보았습니다. 문득 해맑은 친구의 얼굴이 떠올랐습니다.

그랬지요.

그땐 뭐가 그리 좋았는지 쿡 찌르기만 해도 웃음보가 터졌지요.

파란 하늘을 보다가 문득 파란 바다가 생각났습니다.

그랬지요.

꿈을 적은 종이를 유리병에 담아 바다에 띄우면 언젠가는 꿈이 이루어진다는 믿음이 있었지요.

'왈칵'이라는 단어도 좋아합니다.

거센 바람처럼 순식간에 닥쳐오는 울컥하는 감정.

"괜찮아."

한마디에 왈칵 눈물이 났습니다.

왜 이렇게 못났을까. 왜 또 이런 실수를 저질렀을까.

한없이 내 자신이 한심하고 미웠을 때

그대가 건넨 그 말 한마디에 나도 모르게 눈시울이 붉어졌지요.

"왜 이제 왔어."

그 말에 또 왈칵 눈물이 쏟아졌습니다.

나 혼자만 그리워하는 줄 알았는데,

망설이고 망설이다가 마지막이라고 생각하고 용기 내서 왔는데,

왜 이제 왔느냐며 그대가 날 안아주었을 때

그랬지요. 무너지듯 울고 말았지요.

여의도 공원 벤치에 앉아 바람에 날리는 벚꽃 잎을 보며 왈칵 눈물이

났습니다.

이제 막 피기 시작했는데 금세 떨어지고 마는,

그래도 벚꽃은 내년에 볼 수 있지만 너는 다시는 볼 수 없다는 생각에

한없이 울었지요.

문득과 왈칵.

그 두 단어 사이에 말로는 다 하지 못하는 감정과 시간이 있습니다.

문득 그립다가도 왈칵 눈물이 나는 이유, 함께한 시간 때문이겠지요.

어쩌면 우리가 부족하기에, 서툴기에, 차마 건네지 못한 말이 있기에 그런 거겠지요.

당신의 문득과 왈칵 사이에는 무엇이 있습니까?
그 무엇 속에 나라는 존재도 조금이나마 있기를 바랄 뿐입니다.
오늘도 안녕하세요.

인생빵,
한번 만들어볼까 _____

빵 레시피를 따라 빵을 한번 만들어볼까요.

1. 시장에 가서 밀가루와 각종 재료를 삽니다.

   준비된 자는 아무것도 두려울 게 없으며 과감히 일을 추진할 수
   있는 힘이 생깁니다.

2. 밀가루와 물 그리고 계란을 잘 섞습니다.

   삶은 혼자가 아닙니다. 또한 인간관계의 성공은 경쟁이 아니라 조
   화에 있습니다.

3. 반죽한 밀가루에 이스트를 넣고 부풀어 오를 때까지 기다립니다.

   조급하게 굴면 실수하기 마련입니다. 하나하나 꼼꼼히 점검하고

능력을 최대한 끌어올린 후 시도해도 늦지 않습니다. 로마는 하루 아침에 만들어진 것이 아닙니다.

4. 빵 모양을 예쁘게 만듭니다.

시련이나 아픔, 분노 등등. 인생에서 뜻하지 않는 장애물과 마주쳤을 때 어떤 삶의 자세를 취할지 생각해보세요. 당신이 생각하는 자세가 당신의 인생에 고스란히 반영됩니다. 그런 까닭에 이왕이면 멋지고, 아름답고, 긍정적인 것이 좋겠지요.

5. 예열한 오븐에 넣고 구워질 때까지 기다립니다.

이 단계에서는 멋진 성과를 기대하며 잠시 여유롭게 쉬어도 좋습니다. 앞만 보고 달려오느라 수고 많았어요. 모든 것을 잠시 잊고 콧노래를 부르며 행복을 느껴보세요. 잠깐의 달콤한 휴식, 그게 없으면 삶은 건빵처럼 퍽퍽하고 재미가 없지요.

6. 먹음직스러운 빵 완성! 이제 맛있게 드십시오.

인생도 맛있게 사세요. 부드럽게 사세요. 빵빵빵 웃음 터트리며 사세요.

인생이란,
어쩌면 한 조각 빵과도 같은 게 아닐까요?

도토리 속
거대한 세상 _____

새는 알에서 나오려고 힘겹게 싸운다.

알은 세계다.

태어나기를 원하는 자는 하나의 세계를 깨뜨려야 한다.

—헤르만 헤세

이 세상은 언제나 어두워.

도토리 속 알맹이는 늘 이렇게 생각하겠지요.

이 세상은 너무 답답해.

아직 깨어나지 못한 알도 그렇게 생각하겠지요.

아침이 지나면 낮이 되고, 낮이 지나면 저녁이 되고,
달님이 잠들면 다시 환한 아침이 된다는 사실을
그들은 까마득히 모르겠지요.

껍질에 가려져 있기 때문에 도토리 속 알맹이는, 알 속 생명은 이 세
상엔 암흑만 존재할 거라 생각하겠지요.
하지만 이 세상이 얼마나 다채롭습니까.

지구 궤도를 인공위성이 떠다니고
고백하지 못한 채 가슴앓이하는 바보가 울고 있고
저녁 늦게까지 코피 흘려가며 공부하는 이가 있고
병마와 싸우며 하루하루를 고통 속에 사는 이가 있고
꿈꾸던 일을 이뤄내 환호성을 지르는 이가 있고
수많은 커플들이 만나고 헤어지기도 하죠.
수없이 많은 일이 일어납니다.

도토리 속 알맹이도, 알 속 생명도
이런 다채로운 삶을 누릴 자격이 있지요.

두꺼운 껍질을 깨고 나오기 위해

열심히 두려워야죠. 바깥세상을 향해 소리쳐야죠.

그리고 언젠가는 알게 될 거예요.

자기 자신이 거대한 숲을 이루는 갈참나무라는 사실을요.

자기 자신이 멋진 날개를 가진 하늘의 주인이라는 사실을요.

당신도 이제 깨고 나오세요.

틀 밖으로, 습관 밖으로, 타성 밖으로.

그 모든 것들을 과감히 깨뜨리는 순간

당신은 저 앞에서 당신을 기다리는 그 누군가를 만날 수 있을 거예요.

당신보다 더 멋진 또 다른 당신을.

그리고 기쁨일지 슬픔일지 모를 또 다른 세상을.

내게 다가올
한 사람 _____

그대의 기슭을 떠나는 배가 많다 하여도

그대의 해안에 정박하는 배들이 아무리 많다 하여도

그대는 단지 하나의 섬일지니

고독 속에 있을진대

오, 누가 그대의 마음을 알아줄 것인가

그대와 마음을 나눌 사람

그대를 이해해줄 사람 과연 누가 있겠는가.

– 칼릴 지브란

한 사람아, 내게 다가올 한 사람아.

굳이 말하지 않아도 됩니다.

나 또한 말하지 않겠습니다. 미워서 그런 게 아닙니다.

그렇습니다. 어쩌면 사랑이란 하고 싶은 말을 다 하지 않는 것인지도 모릅니다.
모른 척 그렇게 조금씩 조금씩 자라나는 선인장 가시처럼 때론 가만히 지켜봐주는 것인지도 모릅니다.

느낌만으로도 서로의 마음을 다 아는 듯 바로 손을 내주고 마음을 포개면 안 됩니다.
더디다 해도 약간은 천천히, 서두르지 않는 사랑이 더욱 값진 사랑으로 가는 유일한 방법이기에.

굳이 우리 말하지 맙시다.
사랑한다고, 너뿐이라고 쉽게 내뱉지 맙시다.

넘치지도 않고 모자라지도 않은,
그리하여 시작도 없으므로, 끝도 없는 그런 더디고 질긴 그리움만을 가슴에 새깁시다.

서로 끔찍이 사랑하는 고슴도치도 어느 정도의 거리를 두기 마련입니다.

좋다고 예쁘다고 무작정 자신의 소유물처럼 여긴다면 결국 서로에게 치유할 수 없는 상처를 주게 됩니다.

이 사람이다, 이 사람이 아니라면 죽어도 좋다.
이런 터져버릴 것 같은 마음, 이 사람이 아니면 두 번 다시 사랑할 수 없을 거라 느껴지는 순간이 오기 전까지는 우리, 사랑을 조금만 더 가슴속에 숨겨둡시다.

사랑이 가볍지 않게
영혼이 가볍지 않게
너라면 죽어도 좋을

그렇게 내게 다가올
한 사람아.

내가
기억하는 이름 _____

내가 그의 이름을 불러준 것처럼

나의 이 빛깔과 향기에 알맞은

누가 나의 이름을 불러다오.

그에게로 가서 나도

그의 꽃이 되고 싶다.

우리들은 모두 무엇이 되고 싶다.

너는 나에게 나는 너에게

잊히지 않는 하나의 눈짓이 되고 싶다.

-김춘수

나 아닌 다른 이에게 내 존재가 기억된다는 것, 그것만큼 기쁜 일도 없을 겁니다. 예상치도 못했는데 누군가가 내 이름 석 자를 기억하고, 또박또박 불러준다면 참으로 기분이 좋아집니다.

미술관에 가보면 간혹 '무제'라는 이름으로 걸린 작품들이 있습니다. 보고 있으면 왠지 마음이 쓸쓸해집니다. 물론 작가의 의도가 있겠지만 세상에 나와 이름 하나 갖지 못했구나, 생각하니 안쓰럽습니다.

오늘도 참 많은 이들과 만나고 헤어졌습니다. 하루에도 수십 장씩 가슴 한 편에 명함이 쌓여갑니다.
그중에서 내가 기억하는 이름은 과연 몇이나 될까.
내가 이름을 불러준 사람이 몇이나 될까.

생각해보니
부끄럽고 미안합니다.

자꾸자꾸 불러줘야
기억에 남고 더 가까워진다는 것을
마음에 되새깁니다.

술이
사람을 마시는 날 _____

술.

마시는 사람의 기분에 따라 다르게 작용합니다.

기분 좋은 날 마시는 술은 아무리 마셔도 쉽게 취하지 않습니다.
마음이 들뜨고 주고받는 말도 많아 취할 겨를이 없습니다.
모든 것이 다 예쁘고 사랑스럽게 보입니다. 술병도, 조명도, 탱탱 붇은 어묵도, 심지어 사람까지도.

다음 날 아침, 몸이 부대낄 만도 한데 이상하리만큼 가뿐하고 개운합니다.
활기가 넘치고 얼굴에 빛이 납니다.

아, 어제 마신 건 술이 아니라 피로회복제였구나. 술이 고마워집니다.

속상한 날 먹는 술은 정반대입니다.
일단 쓰디씁니다. 안주가 눈에 들어와도 손이 가지 않습니다. 연거푸 술만 마시게 됩니다. 주고받는 말도 적고 객기나 오기를 한번 부려볼까 마음이 오락가락합니다. 차라리 누군가와 시비가 붙었으면 합니다. 주량을 다 채우려면 아직 멀었지만 벌써부터 몸이 흔들리고 혀가 꼬입니다. 계속해서 술잔을 든 손목이 꺾입니다.

어떻게 집에 왔는지 기억이 없습니다. 온몸이 쑤시고 밤새 애벌레처럼 몸을 웅크린 채 잠을 이루지 못합니다. 창문을 통해 들어온 햇살이 성가시고 모든 것이 다 귀찮아집니다.
아, 어제 마신 건 술이 아니라 독약이구나. 생각만 해도 울렁거리고 머리가 지끈지끈 아파옵니다.

술,
한잔할까요?

당신이 기분 좋을 날,
때마침 나도 기분이 좋을 날 말입니다.

같을 수는 없어도
이해할 수는 있지 _____

남자와 여자와 가까워지는 법은 이해하기입니다.

여자는 과정을 공유하는 친밀함을
남자는 결과나 성취를 중요시합니다.

"여기 오는데 말이야 미희 알지? 미희한테 전화가 왔는데 글쎄, 경숙
이랑 다정이랑 싸웠다지 뭐야. 경숙이 그 애가 학교 다닐 때 집안 형
편이 안 좋았거든. 그래서 늘 침울했는데 다정이는 그것도 모르고 늘
경숙이한테…"
한참 듣다가 남자는 이렇게 묻습니다.
"그래서 결론이 뭐야? 화해했어, 안 했어?"
"아직 몰라, 미희한테 그 전화받고 오는데 자동차 한 대가 내 앞에 서

는 거야. 빨간색 자동차였는데 정말로 멋지게 생겼더라. 나도 그런 자
동차··"

"그래서? 통장 가져왔어?"

"응, 여기."

이 어긋난 대화에 필요한 처방이 있습니다.

여자에게 필요한 것,

일단 결과를 통보하라.

필요한 일부터 한 다음 서서히 그 과정을 얘기할 것.

남자에게 필요한 것,

여자가 이야기할 때

'어, 그랬구나.'

맞장구를 쳐줄 것.

'왜 이렇게 나랑 다를까? 정말 나랑 안 맞아.'

이런 생각은 금물입니다.

원래 안 맞습니다.

안 맞았기 때문에 둘이 만난 겁니다.

내게 없는 걸 그가 가졌고

내가 있는 걸 그가 갖기 못했기 때문에 서로 만난 겁니다.

서로 맞지 않기 때문에 끌렸던 겁니다.

벌써 그걸 잊으셨나요?

평생을 살아도 같아질 수 없습니다.

같아지려고 발버둥치며 애쓰기보다

차라리 그 차이를 인정하고 받아들이는 편이

훨씬 쉬운 방법입니다.

이해하는 순간, 둘 사이에 꽃이 활짝 피어납니다.

꼴등을 위한
응원가 _____

57명 중에 57등.

괜찮습니다. 양보심이 대단한 것일 뿐.

축하합니다. 57개의 가능성을 확보한 것을.

꿈꾸세요. 그것보다 강력한 무기는 이 세상에 없습니다.

한번 잘해봐요. 따라 하지 말고 자기만의 색깔로 인생을 살아봐요.

보여줘요. 모든 경기의 묘미는 역전에 있다는 것을.

영국의 낭만 시인 윌리엄 워즈워스가 전하는 이 이야기가 당신의 꿈
을 응원합니다.

　　황량하고 거친 산에 살고 있는 새 한 마리가 어느 날 들에 나갔

다가 폭풍을 만났습니다. 그 새는 자신의 둥지를 떠나지 않기 위해 있는 힘을 다해 버텼습니다.

자기가 태어나 지금까지 살아온 산을 떠나면 살 수 없을 것만 같았습니다. 그런데 안간힘을 써 봤지만 아무 소용이 없었습니다. 도저히 거센 폭풍을 이길 수 없었습니다. 하는 수 없이 그 새는 폭풍 속에 자신의 몸을 맡기고 그 방향으로 날기 시작했습니다. 강한 폭풍을 따라 한참 날아갔습니다. 어느새 폭풍도 약해졌습니다.

그런데 바로 그때 새의 눈앞에 푸른 초원과 멋진 나무들로 가득한 아름다운 산이 나타났습니다. 과거에 자기가 살던 거칠고 척박한 곳과는 비교도 안 될 만큼 훌륭한 곳이었습니다.

인생은 언제나 새로운 가능성으로 가득합니다. 자신을 믿고, 꿈을 꾸세요. 그 꿈을 만날 수 있을 겁니다.

마음이 움직이는
그 한마디 _____

문제를 발견하거나 해결하는 데에는

때때로 차가운 이성보다도

감성이 더 유효하거나 필요할 때가 있다.

그렇다면 감성은 어떻게 형성될까?

감성은 지식 습득만으로 채울 수 없다.

평소와는 다른 환경 속에서

여러 가지 다양한 경험을 통해서 얻을 수 있다.

－구니시 요시히코

한 맹인이 팻말을 목에 걸고 지하철 입구에서 구걸을 하고 있습니다.

그 팻말에는 이렇게 적혀 있습니다.

'저는 태어날 때부터 장님입니다. 한 푼만 도와주십시오.'

그곳을 지나가는 사람들은 무척 많았습니다.
하지만 그에게 돈을 주는 사람은 없었습니다.

어느 날, 청년 한 명이 다가왔습니다.
청년은 맹인이 쪼그려 앉아 빵조각을 먹는 걸 물끄러미 바라보았습니다.
이윽고 맹인에게 다가가 이렇게 물었습니다.

"혹시 제가 팻말의 문구를 바꿔 적어도 될까요?"
"맘대로 하십시오."

청년은 팻말에 깨끗한 종이 한 장을 씌운 뒤 다음과 같이 적었습니다.

'저는 봄이 와도 꽃을 볼 수 없습니다.'

팻말 문구가 바뀐 뒤, 지나가는 사람들의 태도가 달라졌습니다.
사람들은 깡통에 아낌없이 돈을 넣었습니다.

참 신기하지 않나요?

단지 글귀를 조금 바꿨을 뿐인데 사람들의 태도에 변화가 생겼습니다.

이처럼 우리들의 마음이라는 것은

빗방울이 살짝 건드려주면 당장이라도 만개하는 꽃처럼

작은 글귀 하나로도 충분히 열릴 수 있습니다.

마음과 마음 사이엔 감성의 시냇물이 흐릅니다.

마음과 마음 사이엔 사랑의 꽃이 피어납니다.

마음과 마음 사이엔 정의 입김이 뿜어져 나옵니다.

마음의 문을 여는 건

열쇠가 아니라

따뜻한 말 한마디입니다.

인연은
늘 가까운 곳에 있다_____

날개가 있다고 해서 모든 인연을 다 만날 수 있는 건 아닙니다.
오히려 너무 멀리 날아가 인연을 지나칠 수도 있습니다.

새로운 인연을 바라고 노을 저 건너편으로 날아가려 애쓰지만 막상
가보면 대단할 게 없습니다.

당신이 힘들 때 손을 내밀어주는 사람.
바로 그 사람이 당신의 인연이고, 당신의 사람입니다.
너무 가까이 있기에 그 소중함을 몰랐을 뿐.
함께 있을 때는 모르지만 막상 눈에 안 보이면
불안하고 궁금해지는 사람.
그 사람이 당신이 찾는 인연입니다.

소중한 것은 늘 가까이 있기 마련입니다.
인연처럼 행복도 마찬가지겠지요.

화분에 핀 앙증맞은 꽃에도 행복이 있고,
창가에 내려앉은 햇살에도 행복이 있고,
꼬리를 세차게 흔들며 달려드는 강아지에게도 행복이 있습니다.
마음의 눈만 크게 뜨면 온 세상에 행복이 넘쳐나고
그 모든 행복이 내 것이 될 수 있습니다.

이렇게 말해보는 건 어떨까요.
"나는 이것 때문에 행복해. 저것 때문에 행복해. 가진 게 너무 많아 행복해. 이게 없어도 행복해. 이 정도만으로도 충분해."
정말로 행복해질지도 모릅니다.

고개를 살짝 돌려 옆을 보세요.
그곳에 당신이 찾던 사람이 있을 겁니다.
이번엔 살짝 숙여 아래를 보세요.
그곳에 당신이 찾던 행복이 있을 겁니다.

이 노래를
기억하십니까? _____

♪♫

코끼리 아저씨가 나뭇잎 타고서 태평양 건너갈 때에

고래 아가씨 코끼리 아저씨 보고 첫눈에 반해

스리슬쩍 윙크했대요

당신은 육지 멋쟁이 나는 바다 예쁜이

천생연분 결혼합시다 어머 어머 어머 어머

예식장은 용궁 예식장 주례는 문어 박사

피아노는 오징어 예물은 조개껍데기

혹시 이 노래를 기억하시나요?

모두 어렸을 때 한번쯤은 흥얼거렸던 노래입니다.

기억나지 않는다고요? 한 번도 들어본 적이 없다고요?

아닙니다. 당신은 분명 이 노래를 소리 높여 부른 적이 있습니다.

놀이터를 이리저리 돌아다니며 흥얼거렸던 그 어린아이.

기억을 되살려 한번 불러보세요.

세월만 흘렀지 노래는 그대로입니다.

잠시라도 가는 길을 멈추고, 인생의 무게를 내려놓고 흥얼거려 보세요.

그때 그 마음,

천진난만한 그 모습으로 잠시 여행에 다녀오세요.

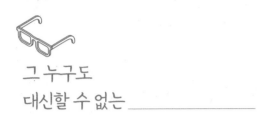

그 누구도
대신할 수 없는 ＿＿＿＿＿＿＿

오늘도 고민거리들이 꼬리에 꼬리를 물고 깊은 밤에 끝닿습니다.

변한 건 없지만 분명 새로운 날이 밝았고 새로운 삶이 시작되었습니다.

한번쯤은 잊지 못할 사랑을 하고 싶고,

한번쯤은 가슴 뛰는 일을 하고 싶고,

한번쯤은 세상의 중심에 서고 싶습니다.

하지만 매사가 뜻대로 되는 건 아닙니다.

그래요, 모든 일이 내 뜻대로 다 된다면 사는 게 얼마나 재미없고 지루할까요.

세상과 뒤엉킨 채 피 터지게 치고받고, 부딪치고,
줄 건 주고, 얻을 건 얻는 것. 그게 진짜 인생이겠죠.

계절이 바뀌고
바람이 지나가고
꽃이 피는 동안

우리는 여전히 망설일 것이고, 주저할 것이고, 두려워할 것입니다.

이 세상에서 가장 먼 거리는 머리에서 가슴까지라는 말이 있습니다.
하지만 오늘만큼은, 아니 지금 이 순간만큼은 그 말을 거역해보세요.
때론 삐딱하게 서서 내 뜻대로 해보는 건 어떠한가요.

왜? 우리의 마음은 뜨거우니까.
왜? 그 누구도 나를 대신할 수 없으니까.
왜? 나는 나고, 또 나여야만 하니까.

그게 진짜 인생이니까.

반쪽을 찾아서

남자는 자신의 반쪽을 찾기 위해 이곳저곳을 돌아다니며 십여 년을 보냈습니다.

하지만 아무리 찾아봐도 반쪽이 보이지 않았습니다.

"이 세상에는 내 반쪽이 없어."

이런 결론을 내리려는 순간, 한 여자가 눈에 들어왔습니다.

바로 저 사람이야! 자신의 반절을 채워줄 여자를 드디어 발견한 것입니다.

여자도 남자를 보는 순간, 기뻐 어쩔 줄 몰랐습니다.

그녀 역시 자신의 반쪽을 찾기 위해 오랜 시간을 보내왔습니다.

"저 남자가 내 반절을 채워줄 사람이야!"

세상에 이런 인연이 있을까.

남자와 여자는 서로를 단순한 인연이 아니라 기적과도 같은 운명이라고 믿었습니다.

그런데 며칠 지났을까 변화가 찾아왔습니다.

첫날은 뜨거웠습니다. 다음 날은 따뜻했습니다. 그 다음 날은 미지근했습니다.

시간이 지날수록 차츰 냉기가 돌기 시작하더니 급기야 남자는 이런 생각을 하게 되었습니다.

'저 여자는 내 반절을 채워줄 수가 없어!'

여자 역시 비슷한 생각을 했습니다.

'저 남자는 내 반쪽이 아닐 수도 있어!'

하나부터 열까지 서로 달랐습니다. 각자의 단점이 점점 크게 보이기 시작했습니다. 서로의 주장이 너무 강해 싸우는 날이 잦았습니다. 끝내 둘은 이런 결론을 내렸습니다.

"우리는 맞지 않아! 헤어져!"

그 후, 남자와 여자는 자신의 반쪽을 찾기 위해 또 길을 나섰습니다.

각각 운명 같은 반쪽을 만났지만 또 얼마 지나지 않아 헤어지고 말았습니다.

그렇게 만남과 헤어짐을 반복했습니다.

무엇이 문제였을까요.

서로 자신의 절반을 채워줄 사람만을 원했던 건 아닐까요.

자신이 갖고 있는 절반마저도 기꺼이 내어줄 그런 마음은 없어서

이루어지지 못한 건 아닐까요.

하나가 된다는 건

반쪽과 반쪽이 만나야 함은 분명합니다.

하지만 반쪽을 채워 내가 완성되는 게 아니라

내 반쪽을 내주어야 진정 하나로 완성이 되는 것입니다.

〈4장〉

또다시
밤이 찾아온다 해도

말과
마음 사이

말이 많은 사람

듣기만 하는 사람

말이 많다는 건 그만큼 아쉬운 거다.

더 아프고, 더 그립고, 더 마음을 들키고 싶은 거다.

허나 듣기만 하는 사람은 아쉬울 게 없다.

왜 나만 말을 많이 하는 걸까.

왜 그는 말이 없는 걸까.

더 사랑하는 쪽이 늘 손해를 보기 마련이다.

때론 말 없는 그가 냉정하게 보일 수 있다.

하지만 그 역시 말이 많았던 적이 있다.

내가 말이 많고

그도 말이 많고

내가 말이 적고

그도 말이 적고

이렇게 타이밍이 맞는 사랑은 쉽게 오지 않는다.

그럼에도 우리는 여전히 말을 많이 전한다.

어쩔 수 없다. 막을 수 없다. 그 마음을.

상처 주는 말도, 모진 말도, 없는 얘기라도 지어서 하고 싶은 거다.

그 순간조차도 이어가고 싶은 거다.

여전히 그대
그리웠다 ——————————

눈물 고인 가슴 앞을
쓸쓸한 낙엽이 지나가는 동안
여전히 그대가 그리웠다.

그 흔하디 흔한 사랑,
왜 우리에게는 개기월식처럼
뜸하고 더딘 것일까.

두툼하고 견고하게
마음의 벽을 쌓아올려도
어느새 그대의 향기는
벽을 뚫고 찔러와.

이 아프고 시린 겨울,
왜 나에게만 텃새처럼
오래도록 머무르는 걸까.

혹여나 하고
창문을 열어보지만
그대는 없고
눈발이 되지 못한
차디찬 빗방울만 서럽게 흩뿌린다.

남은 시간

알면서도 잘하지 못했습니다.
몰라서도 잘하지 못했습니다.

죄송합니다.
미안합니다.

나의 엄마, 나의 아빠
나의 사랑, 나의 분신
나의 나.

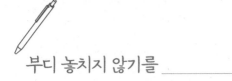

부디 놓치지 않기를 _____

때를 놓쳐 3시쯤 허기진 배를 이끌고
동네 허름한 기사 식당에서
우동 한 그릇을 먹었다.

잘게 썰린 김치 조각이 들어 있는 김치우동.
칼칼하고 양도 푸짐했다.
포만감으로 남은 오후가 따뜻해진다.

어김없이 해는 지고,
10시가 넘자 다시 또 귀찮은 허기가 찾아온다.
한번 때를 놓치면
모든 것들이 뒤로 밀려난다.
늦은 시간에 밥 한 그릇을 밀어넣는다.

맛, 있다

없다를 판단할 만큼 여유를 부릴 수 없다.

언제부턴가 빨리 해치우는 것이

습관이 돼버렸다.

하루치의 욕망과 꿈 그리고 일상을

다 소화시키려면

오늘도 새벽쯤에 잠이 들겠지.

때를 놓쳐서는 안 되겠다.

식사 때도,

사랑할 때도,

슬퍼할 때도,

꿈을 다시 시작할 때도.

밤을 놓지 못하는 밤 _____

함께 하는 밤은 생각할 틈이 없지만
혼자인 밤은 참 많은 생각이 찾아온다.

사색을 하거나
책을 읽거나
TV를 보다가
스르르 잠이 들면 그나마 다행이다.
아무리 자려고 애를 써도 잠을 이루지 못하는 밤이면
그것만큼 고통스러운 건 없다.

밤이 길어서 싫고
밤이 쓸쓸해 싫고
밤이 심심해 싫다.

몸은 피곤하고 고단한데 정신은 너무나 멀쩡하다.
아니 예민하다는 게 맞겠지.

어쩌면 나는 이미 밤의 동반자가 되어 있는지도 모른다.

글을 쓴다는 이유로
밤을 붙들고 있었지만
글을 안 쓰는 대부분의 밤도
밤을 놓지 못하고 있다.

자고는 싶은데 잠을 이루지 못하는 사람,
그 사람의 마음을 이제는 조금 알겠다.
그 마음을, 그 고통을.

나를 아는 이들만이라도,
제발 무거운 눈꺼풀이 그대 밤을 잠재우길
바라고 또 바란다.

모퉁이의 뒤편 _____

설렘은
보이지 않기에
더 증폭되고

그리움은
더 간절해지고

기다림은
기대감으로 바뀌고

자꾸 더 상상하게 되고
애달파집니다.

지금 당신의 모퉁이 뒤편에는
무엇이 있나요?

고마워요 ━━━━━━━━━━ ♥

참으로 혹독하게 무더운
여름.

꿈을 꾸지만 배고프고
일을 하지만 불안하고

이렇게 여름이 가고 있다.

그나마 갑자기 내린 그 비 때문에
견딜 수 있었다.

고마워요 그 비여,
감사해요 그 꽃아.

소중한 것들은
한 뼘 안에 있으니 _____

마술은 자기 마음에 있다.

마음이 지옥을 천국으로 만들 수도 있고,

천국을 지옥으로 만들 수도 있다.

자기 마음을 지옥으로 만들고 싶은 사람은 아마도 없을 것이다.

마음을 천국으로 만들고 싶은 이들이여,

자기 마음에 마술을 부려

즐겁고 찬란한 하루를 만들자.

- T.A. 에디슨

거창한 게 아니야.

행복이란 거.

많이 갖는 게 중요한 게 아니라

주어진 행복을

마음으로 느끼는 게 중요해.

찾지 마.

헤매지 마.

네 곁에 있어.

그냥 손만 뻗으면 돼.

마음을 연다면 모든 것이 행복이야.

너의 것이야. 햇살도 꽃도 그리고 작은 미소도.

때로는
멀리 보지 않아도 ——————

도대체 어디까지 가려고 합니까?

빛의 속도로 달려간다 해도 찾지 못할 수도 있습니다.

오히려 속도를 높이면 높일수록 그것과 더 멀어질 수 있습니다.

당신이 찾는 것,

당신이 원하는 것,

당신을 웃게 하는 것,

당신을 기운나게 하는 것,

그것은 '저기'에 있는 게 아니라 바로 '여기'에 있습니다.

어쩌면 이미 당신은 그것과 만난 적이 있었는지도 모릅니다. 그것이 바지춤을 잡고 같이 있자고 매달렸을지도 모릅니다.

그런데 당신이 그토록 애타게 찾았던 그것이 설마 이렇게 가까이 있을까, 무시하고 지나갔는지도 모릅니다.

그것은 예전이나 지금이나
아마 먼 훗날에도 여전히 당신 가까이 있을 겁니다.
문제는 당신이 그것을 알아보지 못한다는 겁니다.

주위를 둘러보세요. 가까운 사람과 눈을 마주치며 얘기를 나눠보세요. 웃을거리를 찾기 전에 먼저 미소를 보여주세요. 멀리 보지 말고 때론 이룰 수 있는 일을 먼저 실행해보세요.

종종 하늘을 바라보세요.
귓불에 와닿아 앉아 있는 바람의 호흡을 느껴보세요.
가슴속에 흐트러진 꿈의 조각을 다시 맞춰보세요.
그리고 곁에 있는 사람에게 사랑한단 말을 전해보세요.

찾으셨나요? 행복을.
느껴지시나요? 사랑이.
보이시나요? 소중한 것들이.

이룰 수 있나요? 꿈을.

당신은 이미
행복을 받을 만한 사람입니다.
당신은 이미
당신을 사랑할 만한 사람입니다.

그대와 보냈던
여름 시간 _____

지난 것들은 모두 그립기 마련이더이다.
지금 내게 없는 것이라면 더 그립더이다.

눈이 내리고 강한 바람이 붑니다.
이번 겨울은 혹독합니다.

감기에게 포박을 당한 것처럼 몸이 아프고
감기약 때문에 머리가 몽롱해집니다.

언제 이 눈이 그치고, 바람이 멈추고, 햇살이 찾아올까요.
아직 먼 계절이지만
여름이 그리워집니다.

아니네요.

내가 그리운 건
따사로운 여름이 아니네요.

어느 무더운 여름날,
당신과 함께 딸기 셰이크를 마셨던
달콤한 그 시간이 그리워집니다.

내 마음을 더 이상
가둘 수 없어 _____

세상에서 가장 긴 연애편지를 아시나요?

화가 마르셀 레쿠르트가 자신의 애인 마드랜드에게 쓴 편지가
바로 세상에서 가장 긴 연애편지랍니다.

어마어마한 분량에 어떤 내용이 담겼을지 궁금하시죠?
그런데 의외로 아주 간단했습니다.

'나는 당신을 사랑합니다.'
오직 이 한 줄.

그는 편지지에 '나는 당신을 사랑합니다'라는 문장을

무려 187만 5천 번이나 반복해서 적었답니다.

이를 궁금하게 여긴 사람들이 그에게 그러한 편지를 적은 특별한 이유가 있는지 물었습니다.
화가의 대답에는 아픔이 묻어났습니다.
"사랑한다는 나의 말이 그녀에게 닿지 못했소. 그녀는 귀가 들리지 않거든요."

애틋한 마음이 담긴 편지 이야기를 하나 더 소개합니다.

어느 부부가 있었습니다.
평생을 함께하자 약속한 둘이었지만 어떤 이유에서인지 500킬로미터나 떨어진 곳에 따로 살았습니다.

자주 볼 수 없는 처지에
남자는 아내에 대한 그리움을 편지로 대신했습니다.
하지만 그 편지를 부칠 수 없었습니다.

남자가 쓴 편지의 길이가 무려 270미터에 달했던 겁니다.
발송 자체가 불가능했던 거죠.

얼마나 그리움이 사무치면 이럴 수 있을까요.

아무리 지나쳐도 모자라는 것이 있다면 그건 그리움일 것입니다.

수천수만 번을 반복해도 부족한 게 사랑일 겁니다.

비가 촉촉이 창가를 적시는 날,

문득 떠오르는 사람에게 어여쁜 편지 한 통 전하는 건 어떨까요.

그 마음이 고스란히 전해질 것입니다.

내게 금지된 것을
해낼 수 있는 용기 _____

내게 절대로 일어날 수 없는 몇 가지 일들이 있습니다.

무대 중앙으로 나가 머리를 미친듯이 흔들며 춤을 추는 것.
아니면 머리카락을 한 올도 남김없이 노랗게 염색하는 것.
또 사람이 북적대는 거리 한복판에서 사랑하는 이와 입맞춤을 하는 것.

이런 일들은 내게 절대 일어날 수 없는 일입니다.

나에게 어울리지 않는 일이기 때문입니다. 그런데 곰곰이 생각해보면 나라고 그런 행동을 하면 안 될 이유가 딱히 없습니다. 그렇다 해도 막상 시도는 주저하게 됩니다. 살아오면서 한 번도 해보지 않았고, 앞으로도 하지 말아야 한다는, 내 스스로 정한 암묵적인 검열이자 포기인지도 모릅니다.

살던 대로 살아야 하는 걸까요.

요즘 작은 변화가 찾아왔습니다.

후배에게 끌려가다시피 클럽이란 곳을 갔습니다. 요란한 음악소리, 현란한 조명, 비좁은 공간⋯ 어찌나 어색하고 정신이 없는지 당장 뛰쳐나가고 싶었습니다. 멀뚱멀뚱 서 있는데 몸을 흔들던 후배가 소리쳤습니다.

"가만히 서 있지 말고 리듬을 타세요!"

흔들어대는 세상에서 혼자 서 있다는 것, 외딴 섬에 있는 외톨이가 된 기분이었습니다.

그래 까짓것, 해보는 거야. 슬슬 몸을 움직였습니다. 참으로 소박하고 소심한 몸부림이었지만 움직이다 보니 무리와 자연스럽게 어울릴 수 있었습니다.

또 이런 작은 변화도 있었습니다.

머리 군데군데 노란색으로 염색을 했습니다. 염색약이 두피까지 닿을 때의 그 촉감이 어찌나 상쾌하고 짜릿한지 숨 죽이며 눈을 감았습니다. 몇 시간이 지난 뒤 거울에 비친 내 모습이 낯설었지만 그래도

멋져 보였습니다.

사람들은 늘 자신이 정한 틀 안에서 사는 것 같습니다.
그게 내게 안전하고, 익숙하고, 어울리기 때문입니다.
어쩌면 변화에 대한 두려움 때문인지도 모르죠.

그런데 때론 남의 시선에서 벗어나 자유를 꿈꿔보는 것도 나쁘지 않습니다.

습관과 고집, 타성을 버리고 전혀 다른 방식으로 세상을 살아보자, 이렇게 마음을 먹고 시도해볼 만합니다. 누구는 이렇게 살아야 하고, 누구는 저렇게 살아야 하고. 이미 못 박아 있는 삶은 없습니다.

내게 금지된 것들을 하나하나 시도해보는 것,
거기에서 오는 묘한 쾌감이 삶을 더 풍요롭게 만들기도 합니다.
오늘 소심한 도발을 꿈꾸는 건 어떨까요.
노란 머리로 클럽 한복판에서 춤을 추다가
손을 뻗으세요. 그 손을 잡아줄 테니까요.

쉼표의 이유 _____

어느 날, 한 음악가가 집에서 숨진 채 발견됐습니다.

경찰관은 집 안을 샅샅이 수색했습니다.

강도의 침입도 없었고 그렇다고 자살의 흔적도 없습니다.

여기저기 살펴보던 경찰관의 시선이 책상 위에 어질러진 악보들로 향

했습니다. 그는 악보 하나를 유심히 보더니 이렇게 말했습니다.

"그래! 바로 이 악보 때문에 죽은 거구나!"

그 악보는 특이한 점이 없는 그냥 평범한 악보였습니다.

단지 다른 건 그 악보에는 음표만 있을 뿐 쉼표가 하나도 없었다는 것

입니다.

잠깐 쉼표.

열심히 달리는 것만이 능사가 아닙니다.

멈추는 것은 실패나 낙오가 아닙니다.

내가 가고자 하는 길이 정해져 있다면 그리고 그 길을 더 오래가고 싶

다면 완급조절이 필요합니다.

더 멀리, 더 오래 가기 위해선

잠시 브레이크를 밟고 의자에 앉으세요.

더 높은 음을 내기 위해선

호흡 고르기가 필요합니다.

열심히 달려왔던 지난날의 시간도 점검하고

앞으로 살아가야 할 시간도 점쳐보며

잠시 누워보세요.

하늘이 참 포근하고 다정하답니다.

누구나 실패를 하며 산다 _____

하는 일마다 실패를 거듭한 한 청년이 신부를 찾아왔습니다.

"신부님, 못 살겠어요. 저는 왜 실패만 하는 걸까요."

청년을 위로해주던 신부는 그에게 이렇게 말했습니다.

"지금 당장 도서관으로 가게. 그리고 세계연감 720쪽을 펼쳐보게."

신부의 말대로 청년은 도서관에 가서 책을 펴보았습니다.

거기에는 최고의 야구 선수인 타이 콥의 통산타율이 적혀 있었습니다.

'3할 6푼 7리'

그 기록만 적혀 있을 뿐 아무것도 없었습니다. 청년은 고개를 갸우뚱 거렸습니다.

'이게 나랑 무슨 상관이람?'

다시 신부를 찾은 청년이 물었습니다.

"신부님, 도서관에서 저는 아무런 답을 찾지 못했습니다. 그 책을 펴 보라고 하신 의미가 도대체 뭔가요?"

신부는 침착하게 말했습니다.

"가장 우수한 선수도 타율이 3할에 불과합니다. 다시 말해서 아무리 우수한 선수도 타석에 서면 한 번은 안타를 치지만 세 번 중 두 번은 아웃을 당합니다."

포기와 도전.

우리는 늘 이 두 가지 선택지 앞에 서 있습니다.

포기는 내 마음에 나태와 안정을 살게 하는 것이고

도전은 스스로 실패와 좌절을 감내한다는 약속이기도 합니다.

때로는 포기가 편할 수도 있습니다.

하지만 아무것도 하지 않으면 아무 일도 일어나지 않습니다.

실패와 좌절은 이미 꿈과 미래를 내포하고 있습니다.

두려울 게 뭐가 있나요.

앞바퀴가 굴러가면 뒷바퀴는 자연스럽게 따라옵니다.

실패와 좌절을 경험하세요. 도전과 꿈의 힘을 믿으세요.

당신이니까 가능합니다.

당신의 선택은 늘 옳습니다.

주는 만큼
더 크게 얻는 삶 _____

세상에서 가장 좋은 벗은 나 자신이며
가장 나쁜 벗도 나 자신이다.
나를 구할 수 있는 가장 큰 힘도
내 안에 있으며
나를 해치는 가장 무서운 칼도
내 안에 있다.
이 두 가지 자신 중 어느 것을 쫓느냐에 따라
운명이 결정된다.

– 월만

어느 조그만 섬마을, 그곳에서 나고 자란 청년이 섬을 떠나기로 결심
했습니다. 그동안 친구들이 살길을 찾아 섬을 떠날 적에도 남아 있겠
다던 청년이었는데, 마침내 마음을 먹은 것입니다. 사실 그 결정을 내

리기까지 쉽지 않았습니다. 청년의 아버지가 거의 앞을 보지 못하는 장애를 갖고 있기 때문이었습니다.

청년이 아버지에게 결심을 말하자, 아버지는 흔쾌히 찬성했습니다.

"내 걱정은 말고 도시로 가라. 그동안 얼마나 답답했니."

청년은 마음이 편치 않았습니다.

"아버지, 정말 혼자 고기잡이하면서 지낼 수 있겠어요? 차라리 그냥 제가 여기에 있을까요?"

"아니다. 바다는 눈을 감고도 다 보인다. 그러니 어여 가라. 더 넓은 세상에서 더 크게 성장하렴."

그렇게 청년은 도시로 나갈 채비를 했습니다.

모든 준비를 끝내고 떠나기 전날, 잠자리에 들려고 하는데 아버지가 방문을 두드렸습니다.

"들어오세요."

아버지는 안방에 있는 큰 거울을 들고 있었습니다.

"거울 앞에 서 보거라."

청년은 영문도 모르 채 거울 앞에 섰습니다.

"환하게 한번 웃어보렴."

청년이 웃자 거울 속에 비친 청년도 환하게 웃었습니다.

"그래, 보기 좋구나. 이번에는 찡그려봐라."

청년이 찡그리자 거울 속에 비친 청년도 얼굴을 찡그렸습니다.

"찡그린 얼굴은 보기 좋지 않구나."

아버지는 계속 말을 이어갔습니다.

"도시에 나가거든 이 거울을 늘 잊지 말거라. 상대의 행동을 통해 너를 보란 이야기다. 상대가 찡그리면, 예전에 내가 그 사람에게 찡그린 적이 있나 생각해라. 상대가 섭섭한 말을 하면, 예전에 내가 그 사람에게 섭섭한 말을 한 적이 있나 생각해라. 기쁜 일도 마찬가지다. 상대가 너에게 기쁨으로 다가온다면 예전에 분명 네가 상대를 기쁘게 한 일이 있을 것이다."

비록 앞을 보지 못하는 아버지였지만 그 누구보다도 세상의 이치를 환하게 보고 계셨던 것입니다. 청년은 아버지를 꼭 안아주었습니다.

삶은 거울.

상대는 곧 나 자신.

지금 보이는 내 모습은

그 누군가에 의해 만들어진 게 아니라

나 자신이 만든 것입니다.

상대를 통해 나를 봅니다.

나를 통해 상대를 봅니다.

내가
한없이 미워진 날 _____

"왜 나만 이러는 거야."
이런 말을 한동안 입에 달고 산 적이 있습니다.

하는 일마다 좋지 않은 결과가 나왔습니다. 의지와 의욕도 땅바닥에
떨어졌습니다. 다른 일을 시작해도 불안이 엄습해옵니다. 또 실패하
면 어떡하지. 이제는 뭘 해야 할지도 모르겠습니다. 남들은 벌써 저
렇게 앞서가는데…… 부럽기도 하고 질투가 나기도 합니다. 아니 가장
먼저 나 자신에게 화가 납니다. 내 능력은 이것뿐인가, 왜 나에겐 행
운이 붙지 않는 건가.

이런 생각에 사로잡혀 무엇 하나 꾸준히 한 적이 없었습니다. 이리저
리 머리만 굴리며, 손해 보지 않으려고 주판알만 튕겼습니다. 할까 말

까 눈치만 봤습니다. 위기가 닥치면 남의 탓으로 돌리며 책임을 피하기 위해 주도적으로 나서지도 않았습니다.

이런 내가 한없이 미워진 날,
미켈란젤로가 내 방으로 들어왔습니다.

그는 내게 말했습니다.
"최후의 심판이란 작품을 그리는 데 무려 8년이란 시간이 걸렸다오."
이어서 레오나르도 다빈치가 들어왔습니다.
"최후의 만찬이란 그림을 그리는 데 일생이 걸렸다오."
눈을 떠보니 그들은 보이지 않았습니다.

성과 혹은 결과.
그것은 어쩌면 시간과의 사투 그리고 나 자신과의 투쟁인지도 모릅니다.

내가 멈추는 순간
세상이 멈추고, 일도 멈추고, 인생도 멈춥니다.
포기하는 순간
세상이 침묵하고, 꿈이 침묵하고, 미래도 침묵합니다.

우리가 할 수 있는 일은 다른 게 없습니다.

그저 묵묵히 걸어가는 것.

자기 자신을 의심하지 않는 것.

일어나기로 했습니다.

툭툭 털고 다시 진득하게 걸어가기로 했습니다.

이 밤의 결심입니다.

〈5장〉

마음에게 더 이상
지지 않기를

당신의 도화지에는
어떤 그림이 있나요? _____

한 아이가 흰 도화지를 보며 끙끙대고 있습니다.

다른 아이들은 이미 그림을 다 완성했지만 아이의 도화지는 여전히 백지 상태입니다.

어느덧 미술 시간이 끝났습니다.

아이는 한숨을 내쉬었습니다.

"휴, 아무것도 못 그렸어."

선생님에게 혼날까봐 눈치를 보는데, 선생님이 다가옵니다.

그런데 어찌된 일인지 선생님이 환한 미소를 지으며 이렇게 말합니다.

"괜찮아. 그리고 싶은 게 너무 많아서 그런 거지?"

당신의 도화지에는 지금 어떤 그림이 그려져 있나요?

비어 있나요? 아니면 삐딱한 그림들이 여기저기 흩어져 있나요?

어느 쪽이든 주눅 들 필요는 없습니다.

다시 그리면 되니까요.

아무것도 그리지 못한 텅 빈 도화지라고 조급해하지 마세요.

텅 비어 있다는 건 무능력한 게 아니라 남보다 더 채울 수 있는 가능성이 많다는 이야기이니까요.

천천히 꿈꾸세요.

하지만 절대 그 꿈을 버리지 마세요.

구름 낀 날이라고 해서 꿈이 사라지는 건 아닙니다.

마음 한 편에, 그 자리에 꿈은 늘 있습니다.

인생이라는 도화지,

어떤 그림을 그리실 건가요?

당신만이 그릴 수 있는 멋진 그림이 분명 있을 겁니다.

천 마디의 말보다
한 번의 행동으로 ─────────

행동하라. 행동하라.

이 살아 있는 현재에.

마음속엔 사랑을 품고 머리 위엔 신을 모시고

영원에서 나서 영원으로 돌아가는

이 하루가 우리 생의 전부라고 믿고

이 허락된 하루의 생을 고상하고 용감하게 살도록

최선을 다하라.

– 헨리 롱펠로

어떤 젊은이가 강가에서 낚시를 했습니다.

그런데 발을 헛디뎌 그만 강물에 풍덩 빠지고 말았습니다.

"사람 살려! 사람 살려요!"

강가를 걸어가던 나그네가 황급히 뛰어왔습니다.

"이 사람아! 강가에 오면 조심해야지!"

젊은이는 다시 소리쳤습니다.

"살려주세요!"

하지만 나그네는 물에 빠진 젊은이를 끌어낼 생각은 않고 계속 핀잔을 줬습니다.

"이 답답한 사람아! 입으로 살려달라고 소리만 치면 뭐하나? 헤엄을 쳐서 나오란 말이야."

나그네는 그렇게 쉬지 않고 떠들어댔고
필사적으로 허우적거리던 젊은이는 끝내 물속으로 가라앉았습니다.

때론 천 마디 말보다
한 번의 행동이 필요하기도 합니다.

너는
너인가_____

"너라면 그럴 때 어떻게 했을 것 같니?"
이런 영양가 없는 질문은 이제 그만하자.
이미 결정해놓고 지금에서야 다른 사람의 의견이 뭐가 중요한가?

결정했다면 그 결정을 믿고 거기에 집중하자.

괜히 이 사람 저 사람에게 묻기 시작하면 내 결정이 옳지 않은 것 같아 불안하고 초조해질 뿐이다.

다른 사람의 선택은 그 사람의 선택이고, 그 사람의 인생일 뿐 내 인생과는 무관하다. 누가 대신 내 인생을 살아주는 게 아니다. 자신이 선택한 것들로 인해 인생이 결정되고 하나하나 만들어지는 거다.

이 세상에 후회 없는 선택이 있을까.

없다.

그 무엇을 선택해도 후회는 따르기 마련이다. 그러니 덜 후회되는 것
으로 결정하면 된다. 남의 선택에 의지해서 내 인생에 후회를 가중시
킬 필요는 없다.

내 선택과 결정은 내 인생에서 더없이 중요하다.
반드시 스스로 헤쳐나가야 할 과정이다.

한 치 앞이라도 내다볼 수 있다면 참 편하겠지만
미래를 알고 가는 인생, 기찻길 같은 인생은 얼마나 지루하고 재미없
겠는가.

결정을 내렸으며 뒤돌아보지 말고 앞만 보고 가라.

모자라도, 초라해도 괜찮다.

있다. 진짜 인생이다.

평범하고
무난한 인생이라면

인간으로 살아간다는 것은

곧 끊임없이 문제들에 말려든다는 의미이며

사랑하고, 웃고, 울고, 애써 시도하고, 넘어지고,

다시 일어난다는 의미이기도 하다.

– 앤드류 매튜스

평범하고 무난한 심장을 달고 살고 싶겠지만
인생은 그렇지 않다.
하루하루가 롤러코스터다.

생소한 경험,
굉장한 자극,
뼈아픈 아픔,
놀라운 충격,
뜨거운 감동.

뜻밖이고, 예측할 수 없고, 현기증이 날 정도로 어지럽다.

그러나 가끔씩, 아주 가끔씩
아무 일도 일어나지 않는 날이 있다.

그런 날이 편안하고 좋아도 거기에 익숙해지면 안 된다.
그런 날을 경계해야 한다.

평범하고 무난한 인생은 인생이 아니기 때문이다.

일상이라는
춤 _____

춤, 그거 별거 아니다.

하나, 둘, 셋, 넷, 턴.
다시 하나, 둘, 셋, 넷, 턴.
한 패턴을 정해놓고 그것을 반복하면
그게 춤이 되는 것이다.

삶도 그렇다.
패턴의 반복이다.

분주한 아침을 맞이하고
낮 동안 열심히 뛰어다니고

밤에는 잠을 자는 것.

쳇바퀴 같은 생활이 지겹기도 하고 답답하기도 하겠지만
별거 아니네, 실망하겠지만
그렇게 나만의 박자로
조금씩 변주하며 인생은 완성되는 것이다.

다 함께 오늘도
하나, 둘, 셋, 넷, 턴.

당신의 길을
두려워하지 마세요 ─────────

"루마야, 항상 새로운 걸 해라.

남이 안 하는 걸 하는 게 좋은 거란다."

아버지가 항상 저에게 해주신 말씀입니다.

대부분의 사람들이 성공하고 싶어 하고

행복하게 살고 싶어 하지만,

남들이 가지 않은 길에서

그 방법을 찾으려는 사람은

많지 않은 것 같습니다.

이미 충분히 검증된 곳에서

안전하고 편안한 삶을 선택하려고 하는 것을 보면 말이에요.

― 이루마 『이루마의 작은 방』 중에서

선교사이자 탐험가인 데이비드 리빙스턴이 아프리카에서 봉사활동을 하던 시절, 친구에게서 한 통의 편지를 받았습니다.

'리빙스턴, 그 먼 곳에서 얼마나 고생이 많나? 자네가 고생하는 걸 생각하면 여기서 편히 자고, 배불리 먹는 내가 부끄러울 뿐이네. 그래서 내가 자네를 도와줄 만한 사람 몇 명을 보내려고 하네. 그러니 그곳까지 가는 길을 좀 알려주게.'

리빙스턴은 친구의 편지가 무척 반갑긴 했지만 어찌된 일인지 친구의 도움을 거절하기로 마음을 먹습니다. 그리고 이렇게 답장을 보냅니다.

'친구, 날 생각해주니 참으로 고맙네. 그러나 도움은 사양하겠네. 길이 없어도 오겠다는 사람이라면 환영하지만 오는 길이 있어야만 오겠다는 사람은 필요 없네.'

리빙스턴의 답장에는 그의 개척정신이 온전히 녹아 있는 듯합니다. 그는 익숙한 길을 가고자 하는 사람보다는 아무도 가지 않은 길을 가고자 하는 사람과 함께하고 싶었던 거죠.

우리는 어떨까요?
우리는 겁쟁이로 살 때가 많은 것 같습니다.

아무도 가지 않은 길이라면 굳이 먼저 가려 하지 않았지요.
앞장서기보다는 누군가의 뒤를 따라가는 것에 익숙하고
괜히 앞서갔다가 비웃음의 대상이 되지 않을까 걱정만 하죠.

과연 이 길이 안전한 길인지, 이익이 되는 길인지 따지기만 했을 뿐
용기 내어 발을 뻗진 못했어요. 결국 제자리에 서서 시간만 보내다 후
회하곤 했죠.

그때 조금 더 용기를 내 도전할 걸.
그때 남의 눈치 보지 말고 내 길을 갈 걸.

후회는 한 번으로 끝내야 합니다.
처음이 두려운 거지 그 길도 가다 보면 익숙한 길이 됩니다.
또 망설이다 누군가에게 새로운 길을 내줄 겁니까?

이제는 새로운 길의 주인이 되세요.
내 인생의 진짜 주인이 되세요.

당신은 그 새로운 길 위에 서 있을 때가 가장 당신다울 것입니다.

열정적이치 않아도
괜찮아요 ───────────

완벽하고자 하면 아프다.

엄청나게 아프다.

그리고 완벽해지지도 않는다.

그것은 성장이 요구하는 불완전함을 받아들이라는 것이다.

          – 석지영 『내가 보고 싶었던 세계』 중에서

흔히들 이렇게 말합니다.

99도까지 끌어올려놔도 1도가 모자라면 물은 끓지 않는다고,

물을 끓이는 건 마지막 그 1도라고,

그러니 끝까지 열정을 불살라야 한다고.

맞는 말이에요.

그런데 열정이란 게 내 맘대로 되나요?

누구나 다 처음엔 의욕적으로 시작하지요.
하지만 시간 앞에선 모든 것이 서서히 무너지기 마련이에요.

의욕도, 열정도, 최선도, 가을 은행잎처럼 우수수 떨어져 퇴색되고
말지요.

그럴 때가 있잖아요.
한 걸음만 내디디면 목표 달성인데
순간, 왜인지 맘이 바뀔 때.
귀찮고 짜증나 내팽개치고 싶을 때.
게으름을 피우고 싶을 때.

최선을 다해 뭔가를 이룬다면 좋겠지요.
그런데 그냥 하기 싫을 때 그만두는 것도 썩 나쁘지 않아요.
'이 정도면 됐다. 이걸로도 충분해.'
스스로 만족한다면 그 나름대로 행복하지 않을까요.
꼭 100도가 되어야 하는 건 아니잖아요.

어설프면 좀 어때.

모자라면 좀 어때.

그만두면 좀 어때.

끓은 물도 있지만 그냥 미지근한 물도 있잖아요.

열정적일 때도 있지만 열정적이지 않을 때도,

이길 때도 있지만 질 때도 있는 것, 그게 인생 아니겠어요?

절망,
때론 힘들지만 때론 고마워요 ────────────

어둠이 없으면 별은 반짝이지 않아요.

아니 반짝인다고 해도 보이지 않지요.

어두울수록 별의 가치가 더 높아지는 거죠.

별은 어둠에게 고마워해야 해요.

그래서 그런가요?

별은 고마움의 표시로 어둠에게

자꾸 반짝 반짝 윙크를 해대지요.

인생도 그런 것 같아요.

절망이 없으면 희망은 피어나지 않아요.

절망이 깊을수록 희망은 더욱 절실해지죠.

실패한 그 순간에는 마이너스라도

인생을 멀리 봤을 땐 곱하기가 되죠.

절망을 이겨낸 다음엔 더 강해진 나를 만날 수 있으니까요.

우린 고난에게 고마워해야 해요.

살다 보면 뜻하지 않는 어려운 상황을 경험할 때도 있어요.

삶이 버거워 주저앉을 수도 있지만

그러한 경험들이 분명 위대한 인생을 만들기 위한 자양분으로 작용할

거예요.

이것을 제대로 증명한 한 사람이 있습니다.

그는 지독하게 가난했어요.

어렵게 학교를 졸업하고, 야심에 차 사업을 시작했지만 쫄딱 망해 젊은 나이에 파산한 신세가 되었고, 설상가상 사랑하던 약혼자까지 갑작스럽게 세상을 떠났어요.

우여곡절 변호사가 된 후 정치에 꿈을 품고 선거에 출마했지만

줄줄이 낙선.

그래도 그는 절망하지 않았어요.

사람들에게 이렇게 말했죠.

"난 이제 또 시작할 거야. 배가 든든하고 머리가 단정하니 걸음걸이가

곧을 것이고 목소리에 힘이 넘칠 거야. 다시 힘을 내자."

몇 년 후, 그는 과연 어떻게 되었을까요?
52세의 나이에 드디어 꿈을 이뤘어요.
미국의 제16대 대통령이 된 거죠.
아무도 그를 '실패자'라고 부르지 않아요.
사람들은 그를 '링컨'이라고 부르죠.

링컨이 꿈을 이룰 수 있었던 건
절망의 늪에서도 아무렇지도 않은 듯
훌훌 털고 일어났기에 가능했던 것 아닐까요?

절망, 때론 힘들지만 때론 감사한 일입니다.

서른 즈음에 _____ ''

열여섯 시절엔

사랑을 해서 그립고

사랑을 해서 외롭고

사랑을 해서 눈물이 나고

사랑을 해서 아프다는 말이 뭔지 몰랐어요.

사랑하는데 왜 그런 걸까요? 궁금했어요.

그런데 스물을 지나

서른 고개를 넘어가니

그 말이 무슨 의미였는지 어렴풋이 알 것 같아요.

사랑을 하는 중인데도 늘 그립고

사랑을 하는 중인데도 늘 외롭고

사랑을 하는 중인데도 늘 눈물이 나고

사랑을 하는 중인데도 늘 아팠지요.

사랑하는데 왜 그런 걸까요? 곰곰이 생각해봤어요.
그리고 사랑이 문제가 아니라는 사실을 알았어요.

사랑하지 않던 시기에도,
사랑에 빠져 살던 시기에도
그립고, 외롭고, 눈물이 나고, 아프긴 마찬가지였어요.

행복하기만 할 것 같았던 사랑은 마음대로 되지 않고,
날이 갈수록 삶에 대한 무게감도 나를 짓눌렀지요.

그래서 괜히 서러웠어요. 무턱대고 짠했어요.

김광석의 〈서른 즈음에〉 노래를 듣고 있자니 더더욱 서러움이 짙어졌어요.

서른은 이미 넘겼는데,
서른 살인 것처럼 왜 그러는지.

아직도 인생을 다 알지 못한 채 다시 노래를 듣습니다.

포기를
포기하세요 _____

단 1분도 더 버틸 수 없다고 느껴질 때,

그때야 말로 포기해서는 안 된다.

바로 그 시점과 위치에서 상황은 바뀌기 시작하니까.

−해리엇 비처 스토

모든 일이 처음부터 잘 풀린다면 얼마나 좋겠습니까?

그러나 인생은 우리에게 공짜를 제공하지 않습니다.

인내와 용기를 요구합니다.

그 요구에 잘 따르지 않으면 절대로 값진 선물을 주지 않습니다.

우리가 잘 알고 있는 소설 『로빈슨 크루소』도 처음부터 빛을 본 게 아닙니다. 작가 대니얼 디포는 매일매일 수많은 출판사의 문을 두드렸습니다. 그러나 아무도 그의 작품을 인정해주지 않았습니다. 앞서 소개한 소설 『갈매기의 꿈』을 쓴 작가 리처드 바크도 처음부터 탄탄대로를 걷지 않았습니다. 그 또한 출판사로부터 수차례의 거절통보를 받고 또 받았죠.

거절을 당한 두 작품이 불후의 명작이 되어 아직까지도 많은 사람의 사랑을 받을 수 있었던 건 바로 두 작가의 근성 때문입니다.

"그래, 끝까지 해보자."
포기를 포기하는 용기가 있었기에 끝내 책으로 출간될 수 있었습니다.

그럼 이번엔 한번 상상해보세요.
황새에게 잡아먹힐 위기에 처한 개구리가 있습니다.
벌써 머리부터 제압당한 개구리는 곧 죽을 것입니다. 그런데 개구리는 포기하지 않고 죽을힘을 다해 황새의 목을 조릅니다. 황새가 자신을 삼킬 수 없게 목구멍을 막은 것입니다.

어떻게 됐을까요?
아마도 그 개구리는 죽지 않았을 겁니다. 포기하지 않고 발버둥치는

데 죽을 리 없겠지요. 무슨 일이든 끝까지 희망을 버리지 않고 버틴다면 위기를 극복할 힘이 생깁니다.

인생의 진정한 기쁨은 늘 포기하지 않고 한 번 더 시도한 그 타이밍에 옵니다.

어두운 밤이 지나면 반드시 붉은 태양이 떠오르기 마련입니다. 어두운 현실만 바라보며 낙담할 필요가 없습니다.

누구에게도
알려주지 않는 비법

신은 많은 것을 당신 근처에 감추어놓았다.

문제가 있다면 당신은 당신 손에 그것을

쥐어주기만 바랄 뿐 찾아 나서지 않는 데 있다.

– 랄프 왈도 에머슨

영국의 대부호이자 건축가인 토머스 해밀턴.

그의 집안에는 대대로 전해져오는 신비의 보물이 있었습니다.

사람들은 그 보물이 그들을 부자로 만들어주었다고 믿었습니다.

어느 날, 영국 왕 제임스 6세가 해밀턴의 집을 방문했습니다.

"한번 볼 수 있겠나?"

"무엇을 말씀하시는 건지요?"

"신비의 보물 말일세. 숨길 생각은 말게. 이미 다 알고 왔으니."

"아, 그거라면 당연히 보여드리지요."

해밀턴은 작은 상자를 왕에게 내밀었습니다.

"이겁니다."

왕은 호기심 가득한 얼굴로 상자 속을 들여다봤습니다.

상자 속엔 달랑 종이 한 장이 전부였고,

거기엔 이렇게 적혀 있었습니다.

'내일이 있다고 생각지 마라. 타인의 힘에 의지하지 마라.'

이 이야기대로라면 우리는 이미 보물을 갖고 있는 셈입니다.

다만 그것을 활용하느냐, 하지 않느냐의 문제입니다.

내일이 있다고 생각하지 마라. 그럼, 오늘을 열심히 보내라는 말씀.

타인의 힘에 의지하지 마라. 혼자의 힘으로 성과를 내라는 말씀.

인생의 해법을 알고도 그대로 활용하지 못한다면

그것만큼 어리석은 일은 없겠죠.

내 손 안에 있는 보물도 제대로 활용 못 하면서
굳이 멀리서 다른 보물을 찾을 필요가 있을까요.

이제 부자가 되는 비법을 알았으니
제대로 활용하는 일만 남았습니다.
좋습니다. 한번 해보는 겁니다.

이게 아니면
안 됩니다 _____

이제까지 해왔던 것들이 한순간에 와르르 무너질 때가 있습니다.

자신의 부주의로,

외부의 악재로 그렇게 될 수도 있습니다.

그럴 때는 참으로 막막합니다.

이제까지 투자한 시간과 노력을 생각하면

억울하기도 하고 허무하기도 합니다.

그럴 땐 며칠 동안은 아무 일도 하지 마세요.

아무 생각도 하지 마세요.

그냥 시간을 흘려보내세요.

반드시 해야 할 일이라면,

이게 아니면 안 되는 일이라면

분명 다시 시작할 힘이 생기기 마련입니다.

처음부터 다시 시작하는 건 뒤돌아가는 것이 아닙니다.

늦었다고 생각할 게 아니라 바르게 간다고 생각해보세요.

신호등이 빨간불이라고 되돌아가지 않는 것처럼

빨간불이 바뀔 때까지 기다렸다가 건너가면 됩니다.

가고자 하는 길이라면 그대로 가면 됩니다.

속도가 중요한 게 아니라 방향이 더 중요합니다.

성과가 중요한 게 아니라

다시 시작하는 용기가 더 중요합니다.

누구에게나
가치가 있어요

마음의 논밭만

스스로 잘 개간한다면

세상의 황무지를 개간하는 것은

결코 어려운 일이 아니다.

– 니노미야 손토쿠

사람의 몸을 원소별로 분류하여 가격을 따져보면 우리 돈으로 1,200
원 정도의 가치가 있다고 합니다. 1,200원이라… 한 끼 밥값도 안 되
는 가격입니다. 사람 몸, 이 정도일 줄은 몰랐습니다. 그렇다고 정말
로 사람의 가치를 1,200원으로 생각하는 어리석은 사람은 없겠지요.

사람의 가치는 이루 말할 수 없습니다.

생각하는 뇌가 있고

뜨거운 가슴이 있고

멈추지 않는 꿈이 있기에

그 가치는 무한대라 할 수 있습니다.

한 햄버거 가게에 허름한 옷을 입은 할아버지가 들어왔습니다.

"제가 돈이 없어서 그런데 저 햄버거 하나 얻어먹을 수 있을까요?"

주인은 얼른 할아버지를 가게에서 내보내야겠다는 생각에 햄버거 하나를 건넸습니다.

"할아버지, 오늘 이거 드렸으니까 이제 오지 마세요. 아셨죠?"

"고맙구려."

할아버지는 감사의 표시로 낡은 바이올린 하나를 내밀었습니다.

"돈 대신 이거라도……"

"아, 괜찮아요. 그냥 가져가세요."

"그래도 도리가 아니지."

할아버지는 낡은 바이올린을 내려놓고 밖으로 나갔습니다.

그런데 반전이 있었습니다.

알고 보니 그 바이올린은 수십 억을 호가하는 명품 바이올린이었던 것입니다.

할아버지는 햄버거 하나를 먹기 위해 수십 억을 지불한 셈이었습니다.

누구나 그 나름대로 가치가 있습니다.
물론 당신도 그렇습니다.
때문에 괜히 자신을 낮추거나 자책할 필요가 없습니다.

혹여 지금 남들에게 주목을 받지 못하는 상황이라면
그건 아직 잠재돼 있는 재능과 능력이 발견되지 않은 것뿐입니다.

모든 일에 성실히 임하고, 하고자 하는 것을 제대로 공부한다면
머지않아 인생의 달콤한 열매를 맛볼 것입니다.

기죽지 마십시오.
지금 당신의 가슴에서도 분명히 바이올린의 아름다운 선율이
울려 퍼지고 있을 테니까요.

지금 여기에서부터 시작 _____

그에게는 가야 할 장소도 없고

돌아갈 장소도 없다.

예전에 그런 게 있었던 적도 없고

지금도 없다.

그에게 유일한 장소는 지금 이 자리다.

― 무라카미 하루키 『색채가 없는 다자키 쓰쿠루와 그가 순례를 떠난 해』 중에서

투르게네프의 소설에 이런 말이 나옵니다.

"내일이면 나도 행복해진다고 생각했습니다. 그러나 행복에는 내일
이란 것이 없습니다. 어제라는 것도 없습니다. 행복은 과거의 일을 기
억하지도 못하거니와 미래를 생각지도 않습니다. 행복에는 현재만이
있습니다. 그것도 오늘이 아니라 이 순간인 것입니다."

그렇습니다. 인생에서 가장 중요한 때는 바로 지금이고,
가장 중요한 사람은 지금 나와 함께 있는 사람이며,
가장 중요한 일은 지금 내가 하는 일입니다.

지금 눈앞에 것만 생각하고 그것에만 열중하는 모습이
단순하고 어리석어 보이겠지만
어찌 보면 가장 현명한 선택인지도 모릅니다.

하루는 곧 일생입니다.
오늘 하루, 아니 지금 이 순간이 행복해야 일생이 행복합니다.

지금 이 순간에 충실해야 일생이 멋지게 완성됩니다.
미래로 가는 길은 바로 지금 여기에서부터 시작되는 것입니다.

진심보다
더 강한 무기를 보셨나요?

접대의 비결은 다음과 같다.

손님을 환대하고 마음을 편안하게 하라.

진심으로 그렇게 하면, 나머지는 일사천리다.

－바바라 홀

한 청년이 있었다. 그 청년은 무엇이든 배우고자 하는 마음이 가득하여 항상 배움의 길을 따랐다. 어느 날, 청년은 학식이 풍부한 한 교수를 찾아가기로 마음먹었는데, 고민거리가 하나 있었다. 제자들이 그 스승을 찾아뵐 때는 항상 좋은 선물을 준비해 가는 게 관례였기 때문이다.

'그나저나 어떡하지? 선물 살 돈이 없는데……'

청년은 하는 수 없이 빈손으로 교수를 찾아갔다.

"그래, 자넨 무슨 선물을 가져왔나?"

청년은 오른손으로 자신의 가슴을 가리키며 말했다.

"제가 드릴 선물은 바로 저 자신입니다. 제 마음을 바치겠습니다."

교수는 허허 웃더니 이내 말했다.

"이런 선물은 생전 받아본 적이 없었네. 내가 원하는 선물을 잘 가져
왔군. 나도 나 자신을 자네에게 주겠네. 어서 함께 공부해보세."

돈이 있으면 사람들을 내 편으로 만들 수 있습니다.

능력이 있으면 사람을 끌어모을 수 있습니다.

외모가 받쳐주면 사람들의 부러움을 살 수 있습니다.

매너가 좋으면 사람들의 마음을 훔칠 수 있습니다.

성격이 좋으면 사람들과 친해질 수 있습니다.

그러나 이 모든 것을 다 갖췄다고 해서

인간관계에서 성공할 수 있는 게 아닙니다.

이 모든 것보다 더 강력한 무기 하나가 있습니다.

그건 바로 '진심'입니다.

진심이 있다면 그 사람의 인생까지도 얻을 수 있습니다.

사람을 감동시키고 사람의 마음을 훔치는 건

절대적인 권위가 아니라 진심임을 잊지 말아야 합니다.

마음에게
더 이상 지지 않기를 ———————

뒤에 있는 것과 앞에 있는 것은

우리 안에 있는 것과

견주어보면 아주 사소한 문제다.

– 올리브 웬델 홈스

절망에 빠진 사람이나 몹시 방황하는 사람들을 보면

흔히들 이렇게 말합니다.

"마음한테 지지 마."

그 말처럼 된다면야 참 좋겠지요.

하지만 말처럼 쉽지 않은 게 사실입니다.

마음한테 지지 않으려고 마음과 맞서 싸워보지만

매번 지고 맙니다.

힘든 일을 처음 겪은 것도 아니고

이제는 단련이 될 법도 한데

막상 닥치면

어김없이 또 무너지고 맙니다.

정말로 마음한테 지지 않는 법은 없는 걸까요?

마음을 두들겨 패줄 방법은 없는 걸까요?

이렇게 하는 건 어떨까요?

좀 비겁하긴 하지만 정면승부를 피하는 겁니다.

마음과 싸워봤자 별 수 없잖아요.

두려움에 처했는데 두렵지 않다고 마음먹는다고

그 두려움이 사라지지 않잖아요.

우울함이 찾아왔는데 우울하지 않다고 중얼거려봐도

그 우울함이 사라지지 않잖아요.

괜히 정면승부로 패배감만 쌓지 말고

그 상황을 피하는 거예요.
그렇다고 그저 도망치라는 게 아니라
몸을 앞세워 승부를 하는 겁니다.

두려우면 제자리 뛰기를 하고
우울하면 사람들이 많은 곳에 들어가고
심란하면 바깥바람을 쐬며 산책을 하는 겁니다.

마음을 이기는 건 마음이 아니라 몸일 수 있습니다.

온몸으로 바람을 맞이하고
지저귀는 새의 소리에 귀 기울이고
힘껏 뛰어 땀을 내고
사람들의 틈에서 웃다 보면
나를 짓누르던 그 마음들이 조금씩 괜찮아질 겁니다.

소설가 무라카미 하루키는

마라톤 마니아로도 유명합니다.

모든 일이 다 그렇겠지만 글을 쓰기 위해서는

특히 마음의 평화가 중요합니다.

마음이 흔들리고 심하게 가라앉으면 글쓰기가 힘듭니다.

마음의 혼돈을 버리고 글 쓰는 마음을 얻고자

그가 선택한 게 바로 마라톤입니다.

그동안 16번 이상의 풀 마라톤을 경험을 한 그는

몸매와 스타일, 식생활은 물론

심지어 문체까지도 호흡이 길어지는 변화를 겪었다고 합니다.

마음의 문제는 몸으로 푸는 게 수월할지도 모릅니다.

몸이 단단해지면 마음까지도 단단해진다는 사실을 믿고

우리 함께 움직이자고요.

하루 한 뼘
위로가 필요한 순간

초판 1쇄 인쇄 | 2021년 2월 10일
초판 1쇄 발행 | 2021년 2월 23일

지은이 | 김이율
펴낸이 | 김의수
펴낸곳 | 레몬북스(제396-2011-000158호)
전 화 | 070-8886-8767
팩 스 | (031) 990-6890
이메일 | kus7777@hanmail.net
주 소 | (10387) 경기도 고양시 일산서구 중앙로 1455 대우시티프라자 802호

ⓒ레몬북스
ISBN 979-11-91107-07-4 03810